光文社文庫

甘露梅

お針子おとせ吉原春秋
新装版

宇江佐真理

光 文 社

目次

甘露梅

お針子おとせ吉原春秋

仲《なか》ノ町《ちょう》・夜桜《よざくら》

一

日本橋の呉服屋で用事を済ませて吉原に戻って来た時、仲《なか》ノ町《ちょう》の通りは高田の植木屋が入って桜の樹《き》を植えているところだった。

おとせは四郎兵衛会所《しろべえかいしょ》の若い者に切手を見せながら、「もう、桜の季節なんですねえ」と、しみじみした口調で言った。

いつもは「おとせさんに切手はいらねェでしょう」と冗談を言う会所の若い者も「これからひと月は花見ができるというもんです」と乱杭歯《らんぐいば》を見せて笑った。

吉原に住む女は大門《おおもん》を通行するのに切手と呼ばれる通行証が必要である。遊女の逃亡を防ぐための策であった。遊女以外の女も大門を通行するには切手がいるのだ。四郎兵衛会所の割印を押した半紙型三つ切りの紙片である。切手は五十間茶屋が一括して発行していた。ために五十間茶屋は切手見世《みせ》とも切手茶屋とも呼ばれる。おとせの切手は奉公している店のお内儀《かみ》から貰ったものである。三十六のおとせは、どう見ても遊女には見えない。だから会所の若い者は切手など必要ないと、からかうのだ。

おとせは江戸町二丁目の「海老屋《えびや》」にお針として住み込んでいる。前年の春に亭主の勝蔵《かつぞう》を亡くすと、浅草の馬道にある大塚屋という口入《くちい》れ屋（奉公人の周旋屋）に裁縫の腕を生かせる住み込みの仕事を頼んだ。どこか大店《おおだな》の呉服屋にでもと思っていただけに、吉原の遊女屋を紹介された時、最初は驚いた。

大塚屋の主人は勝蔵と同じ岡っ引きなので、後家になったおとせに格別、便宜を計ってくれたのだ。給金は年に四両、着物と蒲団を縫うのが主な仕事である。遊女の晴れ着を仕立てる時は、給金とは別に二百文から五百文の仕立て料が入るという。中年の女の奉公先としては最高の条件に思えたが、おとせはやはり躊躇した。それは吉原が特殊な場所であったからだ。

勝蔵は八丁堀の同心の伴をして何度も吉原に行ったことはあるが、おとせは一度もない。

そこは素人《しろうと》の女が足を踏み入れる場所ではないような気がしていた。

おとせには鶴助《つるすけ》という二十歳になる息子と十八歳の娘のお勝《かつ》がいる。お勝は勝蔵が亡くなる前年に大工の棟梁《とうりょう》の息子の所へ嫁に出していた。勝蔵にお勝の花嫁姿を見せてやれたことが、おとせにとっては、せめてもの救いだった。

勝蔵は春先のある夜、具合が悪いと言って晩飯もあまり食べずに早々に蒲団に入った。

朝になって気がつくと、すでに身体が冷たくなっていたのだ。突然のことに、もちろんおとせは動転した。近所の医者は深酒が祟《たた》り、心ノ臓《しんのぞう》がいけなくなっていたのだろうと言った。

この先、どうしたらよいのか、おとせは途方に暮れる思いがした。しかし、死んだものは仕方がない。当分は鶴助と二人暮らしを続けるつもりだった。ところが勝蔵の四十九日が過ぎると、鶴助は所帯を持ちたいと切り出した。鶴助は岡っ引きを嫌って呉服屋に奉公して、ようやく手代になったばかりだった。

まだ早いのじゃないかと諭《さと》したが、鶴助はやけに祝言を急いでいる様子だった。聞けば奉公している呉服屋・越後屋の女中と相惚《あいぼ》れになり、あろうことか腹に子ができているという。そうなっては否《いや》も応《おう》もなく一緒にさせるしかなかった。しかし、嫁を迎えるにしても裏店《うらだな》のひと間暮らし。新婚夫婦とおとせが枕《まくら》を並べて眠るというわけにはいかない。

かと言って鶴助には、一軒家を借りるだけの甲斐性は、まだなかった。おとせは仕方なく別に暮らすための奉公先を捜したのだ。

吉原でお針の仕事があると鶴助に相談すると、反対するどころか、おっ母さんはまだ若いから、たまにはそういう所で働いてみるのもいいかも知れないと、あっさり言った。

心底、気落ちした。嫁になる女が決まると母親は二の次になるものかと情けなかった。

おとせは半ば自棄《やけ》のように、その仕事を引き受けたのである。海老屋に住み込んで、最初はろくなおかずもつかない食事に閉口したし、仕事の手順がわからず、古参のお針の意地悪もこたえたが、そこは年の功、半年経《た》った今ではすっかり慣れた。

「おとせさんに頼みんす」と名指しで仕事を任せてくれる遊女も一人、二人と増えている。おとせは裁縫の仕事ばかりでなく、遊女達の買い物なども気軽に引き受けるので重宝されていた。

正月に一度、おとせは自分の裏店に戻った。

台所はすでに鶴助の女房のおまなが使いやすいように並べ換えられていて、おとせは箸《はし》や茶碗のある場所さえわからなかった。

おまなは、おっ義母《か》さんにご苦労掛けて申し訳ありません、うちの人の給金が上がったら、きっと広い所に移って、おっ義母さんをお迎えに行きますから、と殊勝なことを言っておとせを喜ばせた。二月の初めに孫が生まれた。男の子で才《さい》蔵《ぞう》と名付けられた。おとせは才蔵のためにも、せいぜい、頑張ってお金を貯《た》めようと決心している。

吉原では毎年、三月の初めに桜を植え、晦日《みそか》には根こそぎ取り去ってしまう。翌日にはもう、菖蒲《しょうぶ》が咲いているという具合である。

人の手の入った桜でも、大門口から水道尻《すいどじり》までの桜並木は美しい。いや、人の手が入っているからこそ、なおさら美しいのかも知れない。仲ノ町の桜は、まるで吉原の花魁《おいらん》、新造《しんぞう》のようだ。形を揃え、美しさを調《ととの》えたものばかりが集められる。そして、花が散る頃には、さっさと取り払われるのだ。

吉原に暮らすようになって、おとせは季節を強く意識するようになった。正月の松飾り、二月の初午《はつうま》、三月の桜、四月の菖蒲、五月は川開きの花火を眺める趣向、六月は吉原田圃の富士権現《ふじごんげん》の祭礼、七月は七夕、八月の八朔《はっさく》、九月の月見、十月の玄猪《げんちょ》、十一月は防火のまじないの蜜柑《みかん》投げ、師走の煤払《すすはら》い、餅搗《もちつ》き。何んの彼《か》んのと客を呼び寄せるために引手茶屋《ひきてぢやや》も遊女屋も腐心するのだ。おとせは秋から海老屋に奉公していたので、桜の季節は知らなかった。ひどく楽しみにしていた。植木屋が植えている桜の丈は高からず低からず、見世の二階から眺めてちようどいい具合である。これが世に言う仲ノ町の夜桜《よざくら》となるのだ。

青竹の垣根を巡らし、根元には山吹《やまぶき》の花を植える。そして所々、雪洞《ぼんぼり》を立てるのだ。雪洞の仄灯《ほのあか》りに照らされて白く浮かび上がる桜はどれほど美しいだろう。この桜を植える費用は遊女屋と引手茶屋、見番《けんばん》で負担されていた。

おとせが桜を横目で見ながら海老屋に戻る途中、やはり植木屋の職人の仕事を眺めていた福助《ふくすけ》に気づいた。

「福助さん、見物でございますか？」

おとせは福助の背に気軽な言葉を掛けた。

福助は驚いた顔で振り返ると、すぐに白い小粒の歯を見せて笑った。

「おとせさん、お帰りなさい」

福助は丁寧に頭を下げてそう言った。福助の本当の名は富士助《ふじすけ》と言うのだが、縁起物の福助に似ているところから福助と呼ばれている。少し頭の遅い若者であった。年は十七、八にもなっていようか。おとせは福助の正確な年を知らない。海老屋の遊女が生んだ子供である。そういう子供は早晩、よそに貰われて行くものだが、あまりの可愛らしさに海老屋の主人もお内儀も男禿《かむろ》に仕立てるべく手《て》許《もと》に置いたのだ。ところが福助は五歳になっても歩けず、言葉も喋らなかった。

様子が違うことにようやく気づいたものの、海老屋の夫婦は福助に情《じょう》がすっかり移って手放す決心ができなかった。そのまま見世で育てたのだ。今は張り見世の時刻になると衣服を調え、訪れる客に挨拶をし、数寄者《すきしゃ》の客には薄茶《うすちゃ》を点《た》てるのが主な仕事であった。

不思議なことに福助が生まれた頃から海老屋は繁昌するようになったという。だからお内儀は福助のことを、うちの宝《たから》息子でございます、と言っていた。

「桜の季節になりましたね？」

おとせは福助の横に並んで言った。

「はい、そうです」

福助は穏やかな口調で応える。福助の傍《そば》にいると、こちらの気持ちがほんわりと和《なご》むような気がする。

「去年は二月の二十六日から植え始めたので、今年は少し遅いようです」

福助はそんなことも言う。機転の利いた会話はできないが記憶力はよかった。本当に頭が悪いのだろうかと訝《いぶか》しむことさえある。

「まあ、そうですか。福助さんは相変わらずよく覚えておいでだ」

おとせが褒《ほ》めると福助は嬉しそうにまた笑った。頭が大きく、しかもおでこである。童顔は置物の福助に全くよく似ていた。しばらく一緒に職人の仕事を眺めていたが、福助は突然、独り言のように「妙ですね」と呟《つぶや》いた。

福助の声は素晴らしい。透き通った低音である。折り目正しい言葉遣いのせいで品さえ感じられる。

「どうかしましたか」

おとせは福助の顔を見上げた。背はおとせより首一つも高い。

「職人さんの中に伊賀《いが》屋の若旦那がいらっしゃいます」

「え？　どこに」

「ほら、あそこですよ。しゃがんで山吹を植えている人ですよ」

福助の指差した職人はこちらに背を向けていたので顔がわからない。しかし、屋号の入った半纏《はんてん》は心なしか新しくも見えた。

伊賀屋の若旦那とは日本橋、北鞘《きたさや》町の廻船問屋《かいせんどんや》の息子で、海老屋の客でもあった。おとせは海老屋に奉公して間もないが、それでも伊賀屋甚三郎《じんざぶろう》の顔は知っていた。花魁、喜蝶《きちょう》の馴染《なじ》みの客だったからだ。喜蝶はおとせに親切であった。

「あたしにはよくわかりませんけれど、伊賀屋の若旦那が植木職人をなさるわけもございませんでしょう？」

おとせは福助を諭すように言った。

「それもそうですが、若旦那は去年の暮から喜蝶さんの所に揚《あ》がっておりません。喜蝶さんは心配しておりました」

「……………」

「本当に若旦那はどうされたのでしょうね」

「福助さん、あたしはちょいと、このことを花魁に伝えて来ますよ。福助さんもそろそろ仕度をしなければなりませんよ」

陽《ひ》はそろそろ西に傾き始めている。

「はい。八つ半（午後三時頃）に見世に戻ります」

福助はおとせに応えた。おとせはそのまま海老屋に急ぎ戻った。


「花魁」

おとせは内所《ないしょ》（経営者の居室）のお内儀に頼まれていた物を渡してから喜蝶の部屋に行き、障子越しに声を掛けた。

「あい……おとせさんかえ？」

「さようでございます。ちょいとよろしいでしょうか」

「お入りなんし」

喜蝶は細いゆったりとした声でおとせを促した。喜蝶は湯を遣い、ほてった肌の熱を冷ましているところだった。小さな顔は少し赤みを帯びていたが、陶器のようにすべすべしている。大き過ぎる黒目がちの眼、長いまつ毛、細い鼻、おちょぼ口と、非のうちどころのない美貌である。

「今、そこで福助さんに会ったんでございますが……」

「植木屋の仕事を眺めておざんした。ほんにあの子は職人の仕事を眺めるのが好きざます」

喜蝶はふわりと笑って先回りしたことを言った。

「はい、そうなんでございますが、福助さんがちょいと気になることを言ったものですから」

「気になることとは？」

喜蝶はすいっと形のよい眉を持ち上げた。

「植木屋の職人さんの中に伊賀屋の若旦那がいらっしゃるそうですよ」

「何え？　若旦那が？」

喜蝶は慌てて立ち上がると腰高障子を開けた。すでに仲ノ町の通りの半分以上が桜で埋め尽くされていた。

「どのお人ざますか？」

喜蝶は小さく見える職人衆に眼を凝《こ》らした。

「ほら、福助さんのちょうど前で山吹を植えている人ですよ」

喜蝶は眼を細めたが、埒《らち》が明かないと思った様子で「たより、これ、たよりや」と、廊下でお手玉をしていた禿《かむろ》を呼んだ。たよりは甲高い返事をして部屋に入って来た。頭のてっぺんの髪をわずかに結わえ、両鬢《りょうびん》と盆の窪《くぼ》に毛を残して、他は剃《そ》り上げているたよりは何んとも愛くるしい。

「こう、こっちへ来《き》なんし」

喜蝶に呼ばれて、たよりは窓の傍にやって来た。

「桜を植えていんす」

たよりはつまらなそうに喜蝶に応えた。

「ほら、あそこ。福助さんの前で山吹を植えている職人がいるざます」

「あい、見んした」

「あの職人、伊賀屋の若旦那じゃないかえ？」

喜蝶にそう訊《たず》ねられて、たよりは小首を傾げた。

「わっちにはようわかりいせん」

「ようく見なんし」

喜蝶は癇《かん》を立てた。

「花魁、堪忍してくんなまし。わかりいせん」

たよりは半べそを掻いた。

「もう……もういいざます。向こうへ行かっし！」

喜蝶はそっぽを向く。おとせは見るに見かねて「筆吉さんにお訊ねしてみましょうか」と口を挟《はさ》んだ。筆吉は海老屋の妓夫《ぎゆう》（客引き）をしている男だった。商売柄、客の顔をよく知っている。特に喜蝶の客ならば初会《しよかい》だけで足が遠のいた者さえ詳細に覚えていた。おとせは筆吉と喜蝶に対して、花魁と妓夫の間柄だけではない何かを感じていた。それは誰に聞いたことでもなかったが。

「筆吉さんを呼んで来《き》いす。花魁、ちいと待っていておくんなんし」

たよりは喜蝶の機嫌を取るように部屋を出て、ばたばたと足音高く階段を下りて行った。

やかましいす、静かに歩きなんし、他の部屋から文句の声が聞こえた。

「へい、花魁。お呼びですかい？」

ほどなく筆吉の低く籠《こも》った声が聞こえた。

「お入りなんし」

「いえ、ご用ならここで伺いやす」

妓夫が花魁の部屋に用もなく入ることは禁じられている。筆吉は律儀にその約束事を守っているようだが、おとせの目にはその態度が頑《かたく》なようにも感じられた。

「外で仕事をしている植木職人のことを訊ねたいだけざます。おとせさんもおりいすから遠慮はいりいせん」

「そいじゃ、ご無礼致しやす」

筆吉は他人の目を憚《はばか》るような様子で部屋に入って来ると、窓際に進んだ。お仕着せの縞《しま》の袷《あわせ》の上に海老屋の半纏を羽織っている。まだ三十前のようだが、その顔には妙に老成したものがある。妓夫を生業《なりわい》としているせいだろう。

「福助さんが伊賀屋の若旦那が職人に紛《まぎ》れているとおっせェした。筆さん、よく見なんし。ほんに伊賀屋の若旦那かえ？」

喜蝶がさり気なく指差すと筆吉は眉間に皺《しわ》を寄せた。そうだとも、そうでないとも言わず、そのまま部屋から出て行こうとした。外に行って確認して来るつもりだろう。喜蝶が慌てて、その背中に覆《おお》い被《かぶ》せた。

「筆さん、もしも伊賀屋の若旦那でおざんしたら、仕事が終わった後でいいざますから見世に揚がってと伝えてくんなまし」

筆吉はそう言った喜蝶の顔をちらりと一瞥して「へい」と応えた。

「いいんですか？」

筆吉が出て行くと、おとせは喜蝶に訊《き》いた。

喜蝶は身揚がりするような言い方をしたからだ。身揚がりとは客の揚げ代を立て替えることである。喜蝶は窓の桟に凭《もた》れてじっと外を見ながら「若旦那にはずい分、ご無理をお願いしいした。まさか知らぬ顔もできいせん」と言った。

「花魁は情け深い人ですね」

おとせは溜め息混じりに言った。廓《くるわ》の女はうまい口舌《くぜつ》で客の懐《ふところ》から金を引っ張る算段をするばかりだと思っていた。しかし、実際には金では割り切れないものもある。いや、むしろ吉原の女は金とあからさまに言うことを避けるようなところがあった。おとせは海老屋に来て、この世界にはこの世界なりの仁義と情があることを知ったのだ。

「あれ、こっちを見いした……あれ、悪さを見つけられたような顔で……いっそ、気の毒ざます」

喜蝶は妙に甲高い声を上げた。窓から覗くと、福助の姿はなく、代わりに筆吉が伊賀屋の息子と立ち話をしているのが見えた。伊賀屋の息子は時々こちらに気後れしたような視線を送ってきた。福助の言った通り、その職人は伊賀屋甚三郎だった。

「いったい、どんな仔細《しさい》があるんでしょうね」

おとせは解《げ》せない気持ちで言う。

「きっと大旦那に勘当されなんしたんでしょうよ」

「勘当？」

「あい。大店の跡取りが遊びが過ぎて勘当されなんすという話は、おとせさんもご存じざましょう？」

「あたしは落語の話かと思っていましたよ。もっとも、あたしの周りには遊び好きの大店の息子なんていなかったものですから」

「おとせさんはおもしろいことを、おっせェす」

喜蝶はおとせにふっと笑った。寂しい笑みだった。

二

暮六つ（午後六時頃）。大籬《おおまがき》（大見世）海老屋の主、海老屋角兵衛《かくべえ》は内所の神棚に柏手を打ち、縁起棚の鈴を鳴らした。それを合図に海老屋の内芸者《うちげいしゃ》が三味線を抱え、トッテンシャランと景気よくつま弾《び》く。見世清掻《すががき》である。

若い者が見世清掻に合いの手を入れるように下足札をカランと鳴らす。すると二階から仕度を調えて待ち構えている遊女達の上草履《うわぞうり》がハタリ、ハタリと階段を下りて来るのだ。

見世清掻と下足札と上草履の音が吉原の見世明けの音である。清掻は三下がりで絶え間なく弾かれる。それは遊女達が張り見世を終えるまで続けられる。福助が客を迎え入れるために玄関先に立っている。紋付、袴の正装である。福助がぶつぶつ何か呟いているのは見世清掻を口三味線で唱えているのだ。それは寸分の狂いもなかった。だから、内芸者の手がたまに外れると「今夜は少し、いけませんでした」と小言を言う。内芸者の小万《こまん》は畏れ入って「福助さんはごまかせません」と頭を下げるのである。

福助はその大きな頭を振りながら見世清掻を口ずさむ。花魁衆が見世に並び終えると、下足番の若い者は下足札を手捌《てさば》きも鮮やかに、ざらりと扇形に広げて箱に納める。これで張り見世の儀式が完了したことになる。

喜蝶は、今夜は張り見世には出ていない。伊賀屋の若旦那が揚がることになっているので部屋で待っているのだ。

おとせは内所にいて何んとなく落ち着かない気持ちでいた。普段はお針に与えられた部屋にいて、客の目になるべく触れないようにしているが、その夜は内所に顔を出し、お内儀のお喋りにつき合いながら喜蝶の様子をそれとなく窺《うかが》うつもりだった。内所にいても酔客に袖を引っ張られたとやら、着物の裾《すそ》がほつれたとやら、お針の用事は結構多かった。

やがて、着替えをした伊賀屋甚三郎が見世にやって来た。

「へい、喜蝶さんへ。お二階へどうぞ」

筆吉は声を張り上げる。福助が「お越しなさいませ」と丁寧に頭を下げる。

おとせは内所からそっと伊賀屋甚三郎の顔を盗み見た。幾分、俯《うつむ》きがちの様子はいかにも元気がなかった。

お内儀のお里《さと》は溜め息を洩らして火鉢の灰を掻き立てた。お里は四十三、四になっているが、商売柄、五つは若く見える。藤色の無地の着物は裾を引き摺《ず》り、緞子《どんす》の帯を斜《はす》に締めている。飴色のと前挿《まえざ》しの銀の簪《かんざし》が粋であった。

「喜蝶も思い切りよく振りゃあいいんだ」

お里は苛々《いらいら》とした口調で独り言のように言った。

「でも、伊賀屋の若旦那は、もう一年以上も喜蝶さんの馴染みのお客様でございましょう？」

おとせは遠慮がちに口を挟んだ。

「だが、勘当されたとなっちゃ話は別さ」

お里は蓮《はす》っ葉《ぱ》に言うと、簪を引き抜き、元結《もっと》いの根元をがりがりと癇性《かんしょう》に引っ掻いた。

「本当なんですか、勘当というのは」

おとせは信じられない気持ちで訊いた。

「ああそうさ。勘当とひと口に言うけれど、家から、追い出されただけじゃないのさ。あんた、人別《にんべつ》を抜いちまったというじゃないか」

「それじゃ……」

「あい、もう若旦那は伊賀屋とは赤の他人ということになるのさ」

「……」

「そうなったら、これから八朔の工面だろうが、新造の突き出しの仕度だろうが当てにできないじゃないか。そんな者に情けを掛けたところで仕方もない。実入りのいい客は他にごまんといるというのにさ」

お里の口調は愚痴《ぐち》めいていた。喜蝶は昼三《ちゅうさん》（揚げ代が昼三分、夜三分、昼夜で一両二分）の花魁で振袖《ふりそで》新造、番頭新造、二人の禿を抱えている。新造と禿の衣裳、簪、などの装飾品、履物などは喜蝶が揃えてやらねばならなかった。その他に幇間《ほうかん》、引手茶屋への心付けと、掛かりがある。伊賀屋の息子の揚げ代を肩代わりしては、ますます借金が増えるというものだった。

「そろそろ親分の一周忌だね？」

お里は話題を変えるように言った。

「はい」

おとせは茶を淹《い》れながら応えた。あっという間の一年に思えた。

「親分、幾つだった？」

「四十二ですよ、お内儀さん」

「厄《やく》かえ？」

「はい」

「うちの人の厄年もろくなことがなかったねえ。厄払いを盛大にしたというのにさ。火事は起きるし、心中騒ぎはあったし……」

心中沙汰を起こした遊女は切見世《きりみせ》に落とされたという。もはや年季明けの自由もない、むごい現実があるばかりである。

「そう言えば、今日、親分の跡を継いだ龍次《りゅうじ》という岡っ引きが来ていたよ」

「あら……」

龍次は勝蔵の子分だった男である。勝蔵がああいうことになったので縄張を譲ったのだ。

「お前さんが留守だったから、会えなくて残念そうだったよ」

「そうですか。龍ちゃんは子供の頃からうちの人が面倒を見ていたので他人のような気がしないんですよ。そうですか……来ていましたか」

龍次とは正月以来会っていなかった。

「それで龍ちゃんは、あたしに何か用事でもあったんでしょうか」

「いえね、御用の向きで八丁堀と一緒だったんだよ」

お里は口をすぼめて茶を啜りながら応えた。

龍次は、吉原に来たついでにおとせに会う気持ちになったらしい。

お里は、しばらく思案顔をした後で、おとせに訊いた。

「ねえ、最近、うちの福に何か変わった様子があると思うかえ？」

「変わった様子とは？」

「そのさ、色気づいて何やら変な様子がないかということだよ」

お里は、いかにも言い難そうに、ぷりぷりした表情で応えた。

「そんなことはありませんよ。福助さんは真面目な子ですから」

おとせはそう言ったが、お里は安心する様子もなかった。

「浅草の近所でね、小さい女の子が悪戯《いたずら》されることが続いているそうだよ。何ね、ちょいと身体を触られるぐらいで大事には至っていないんだが、子供の親は気持ち悪がってさ」

「それが福助さんと何んの関係があるんですか」

おとせも、むっと腹が立った。

「その辺りで福助を見掛けたという人がいたんだよ」

「……」

福助は、時々、茶の湯の師匠の所に通っている。この頃は伴もつけずに一人で出かけられるようになっていた。師匠の家は浅草にあった。お里が心配するのも無理はない。

「お師匠さんの所でお稽古して、まっすぐに戻って来るのだけれど、途中のことはわからないからねえ。おとなしいと言っても人様とは違うし……」

「……」

「やっぱり、ああいう子は見世に引き取るべきじゃなかったんだよ。あたしは反対したんだよ。だけどうちの人が可愛い、可愛いってさ。あの子の母親は福岡と言って、そりゃあきれえな妓《こ》だった。あたし等《ら》が手許に引き取ったから恩を感じて、ずい分、稼いでくれたものだけど、こうなってはねえ……」

「でも、福助さんを今更どこにやるとおっしゃるんですか」

「大塚屋の親分に頼んで、立ちん坊でもさせるしかないだろう」

坂道を通る大八車の後押しをして小銭を貰う人足のことだった。そんなことは福助にさせたくないと、おとせは強く思った。大塚屋はおとせも世話になった口入れ屋のことである。

「お内儀さん、福助さんのことはあたしに任せて下さいましな」

「どうすると？」

お里はおとせの顔をまじまじと見た。

「それとなく様子を探ってみますから」

「……」

「それで、もしも何かあったら、あたしが言い聞かせます。福助さんなら、きっとわかって下さいますよ」

お里は頼むとも、いらぬとも言わず、湯呑の中身を飲み干すと深い溜め息をついた。

三

伊賀屋の息子と喜蝶に、どういう話が交わされたのか知る由もなかったが、翌日も甚三郎は植木屋の仕事をしていた。喜蝶は自分の部屋の障子を細めに開けて、そんな甚三郎の様子を時々見ていたようだ。

おとせは薄絹《うすぎぬ》の座敷着の修繕を頼まれ、それができ上がると部屋に運んだ。

薄絹は火鉢に身体を寄せ掛けて煙管《キセル》を遣っていた。大名屋敷の留守居役など実入りのいい客が薄絹にはついている。貫禄は喜蝶の比ではない。おとせも薄絹の前に出る時は緊張した。

「花魁、袖のところは少し丈夫に縫い直しておきました。ついでに裾も糸が弱っておりましたので、そちらもやっておきました」

「あい、おかたじけ」

薄絹は驚くほど低い声で応えた。男の声かと思われるほどである。しかし、端《は》唄《うた》をうたう時は惚れ惚れするほどの美声となる。

「それではこれでご無礼致します」

おとせは頭を下げてすぐに部屋を出るつもりだった。禿のあやはが窓を開けて桜を植えている様子を眺めている。あやははたよりより年上で、頭も切り下げ髪にしていた。普段の禿は木綿縞の着物に紅色の綿《めん》繻《じゅ》子《す》の半襟を掛けて、油《あぶら》掛《が》けと称する納戸色の胸当てをつけている。

あやはには、たよりとは別の愛らしさがあった。

「おとせさん、忙しいのかえ？」

薄絹は人恋しいような様子で訊いた。

「ええまあ、忙しいと言えば忙しいですけれど」

おとせは曖昧《あいまい》に返事をした。

「少し話をして行きなんし」

薄絹はふわりと笑みを浮かべた。

「でも……」

「喜蝶さんばかりと仲良くしいすと、わっちは悋気《りんき》を起こしいすよ」

「まあ花魁、ご冗談を」

「おとせさんは町家《まちや》の暮らしになじんだお人でおりいすから、色々、町家の仕来たりに通じておりんしょう。いずれ年季が明けたあかつきには、わっちも町家の者となりいす。飯《まま》の炊き方はともかく、人とのつき合いには気を遣うことにもなりいす。おとせさん、わっちに色々教えてくんなんし」

「花魁、そろそろお身請《みう》けのお話でも？」

おとせは眼を輝かせた。薄絹は二十五になる。そういう話があっても不思議ではない。薄絹は照れを隠すように「あやは、戸を閉めなんし」と、きつい言葉で言った。

「でも、おれ、まだ桜を植えるのを見ていたい」

あやは不服そうに口を返した。薄絹は長煙管を持って立ち上がると、加減もせずにあやはの臑《すね》を打った。

「また、おれと言いなんすか。十《とお》にもなってまだ廓の言葉を覚えられぬとは情けない。ぬしはでくかえ？　福助さんよりまだ悪い」

福助さんよりと言った薄絹の言葉が底意地悪く聞こえた。泣いたあやはをおとせは優しく引き寄せた。

「花魁の言うことは聞かなくちゃね？　花魁は、あやはちゃんの実の姉さまのようなものだから」

あやははおとせの胸で甘えたような泣き声を立てた。

「桜を見たければ外に行って眺めておいで」

おとせは、あやはの機嫌を取るように言った。

「おとせさん、陽灼《ひや》けしいす」

薄絹はおとせの言葉を間髪を容れず遮《さえぎ》った。おとせは、はっとした。陽灼けして真っ黒い顔で花魁道中の伴はできない。おとせは慌てて「お内所からそっと眺めておいで」と言い直した。

あやははこくりと肯くと部屋を出て行った。

「おとせさんは他人様《ひとさま》の子でも可愛がるのだねえ。いっそ羨ましい気性だ」

「あら花魁、あたしだって虫の好く子と、そうでない子がおりますよ。見世の子は皆、可愛いですけど」

「……」

　薄絹は黙って茶を淹れると、後ろの戸棚から菓子を出した。吉原の菓子屋「竹《たけ》村伊勢《むらいせ》」の物だった。おとせは恐縮して頭を下げた。

「花魁をお身請けしようとしているお客様は……もしかして新川《しんかわ》の酒問屋の？」

　おとせは薄絹の客に当たりをつける。薄絹はふっと笑った。

「察しのいいことで。さすが十手持ちの女房だ」

　薄絹は誰もが口にすることをおとせに言った。

「花魁、それはもう、よしにして下さいましな。亭主が死んだ今じゃ、十手持ちの女房は返上して、海老屋のお針でございますよ」

「そねェなことはおっせん。たとえお針をしていようが、昔は確かに十手持ちのお内儀さんであったことに変わりはないざます。わっちだとて、商家の女房に収まりいしても、あのおなごは吉原《なか》で女郎《じょろう》をしていたと死ぬまで言われいす。昔を消せはしない。それが今からじれっとうす」

　薄絹は俯いてそう言った。

「花魁、先のことをくよくよ悩んだところで仕方がありませんよ。今は今、先は先ですよ。なあに、何んとでもなりますって」

おとせは薄絹を励ますように言った。薄絹は安心したように艶冶《えんや》な笑みを浮かべた。

「喜蝶さんにもねえ、倖せになってほしいものですよ」

おとせはしみじみと言った。薄絹の将来を聞かされた後では、なおさら喜蝶のこれからが案じられた。

「昨夜、伊賀屋の若旦那がお揚がりなんしたざます」

薄絹は訳知り顔で言う。

「はい。伊賀屋の若旦那は植木屋に奉公なさっておいでです。どうやら勘当されちまったようなんですよ。本当に喜蝶さんも若旦那もお気の毒で」

「わっちは昨夜、客が一人で仕舞いざました。のうのうと寝ようと思いなんしたが、伊賀屋の若旦那は愚痴をこぼしていた様子で、喜蝶さんと長いこと話をされていんした。話し声がわっちの所まで聞こえなんして……喜蝶さんは、真面目に勤めていれば、いずれ大旦那のお怒りも解けましょうと慰めてはいんしたが、どうだか……」

二人は同時に溜め息をついていた。廊下から禿のたよりが「おとせさん、どこにおっせェす？　お内儀さんがお呼びでありいす」と甲高い声で叫んでいるのが聞こえた。

「あらあら、長話をしてしまいましたよ。お内儀さんに叱られる」

おとせは慌てて立ち上がった。

「おとせさん、わっちの身請けの話は当分、内緒にしておくんなんし」

薄絹は噂が洩れることを恐れて言う。

「花魁、それは百も承知、二百も合点！」

おとせがおどけて言うと薄絹はうくっと籠った声で噴《ふ》き出していた。


内所に行くと、お里は苛々した様子でおとせを待っていた。

「お呼びでしょうか」

おとせは膝を突いて内所の襖の前で中に声を掛けた。

「ああ、おとせさん。今、福助が出て行ったところだ。ご苦労だが例のこと、よろしく頼むよ」

お里は切手と小銭を押しつけた。小銭はいらないと言ってもお里は承知しなかった。

「お稽古は半刻《はんとき》（一時間位）ほど掛かるが、待てるかえ」

茶の湯の師匠の家の近くで福助が出て来るのを待たなければならない。それは下手人の張り込みのようにも思えて、おとせは緊張した。

「はい、大丈夫です」

「他のお針には、あたしの用事で出かけたことにしておくからね」

「はい」

おとせは裏口から出て大門に向かった。仲ノ町の桜並木は今日で全部植え終えるだろう。

そして、花見客が訪れ、仲ノ町はとんでもない混雑になる。この時季、混雑に紛れて大門から逃亡する遊女が出ないとも限らない。四郎兵衛会所では、前に床几《しょうぎ》を持ち出し、普段より若い者を増やして警戒に当たるのだ。切手、切手とやかましい。しかし、若い者は、おとせの切手をろくに見もせずに大門を通した。おとせはそれが少し不満だった。自分だって若い頃は、そこそこに見られるご面相をしていたものを、と思う。

福助の後をつけるのは容易であった。何しろ大きな頭が目印となって、一町ほど後からでも見当がつく。福助はひょこひょこ呑気に歩いて行く。羽織の袖が少し長過ぎるのではないかと、おとせはいらぬことを考えていた。

浅草寺の近くに茶の湯の師匠の家がある。さほど大きな家ではないが、後ろは鬱蒼とした竹藪が拡がっていた。昼間でも仄暗い竹藪では、中で何が起きても容易に人に気づかれないと思った。

福助はおとせが後をつけているとも知らず、「ごめん下さい。海老屋の富士助でございます」と、やけに大きな声を張り上げて中に入って行った。おとせは磨き込んだ格子戸を眺めると、辺りを見回した。全く人通りはない。

隣りの武家屋敷はいかめしく門を閉ざしている。しかし、塀を回した庭から、白い桜の樹が蕾をほころばせているのに気がついた。

おとせはうっとりとその様子を眺めた。

「あれ、おとせさん」

いきなり名を呼ばれて、ぎょっと振り向くと、筆吉がこちらを見ていた。

「ああ、驚いた。何んだ筆吉さんか……」

「何んだはねェでしょう。どうしたんです、こんな所で」

「お内儀さんの用事で、福助さんのお伴ですよ。でも、向こうには内緒のことなの。筆吉さんも福助さんには黙っていてね」

「へい、それはいいですけど……何んか変ですね」

「ちょいと訳ありなのよ。ところであんたはどうしたの？　よそで油を売って来たの？」

そう言うと、筆吉は苦笑して鼻を鳴らした。

「油を売る暇なんざありやせんよ。日本橋に行って来たんですよ」

「日本橋に？　どうりで朝から姿が見えないと思った。筆吉さんも大変だ。夜は仕事でろくに寝られないのに昼もお使いを頼まれたんじゃ。眠いでしょう？」

おとせは、陽に灼けてはいるが肉の薄い筆吉の顔を覗き込んで訊いた。筆吉は手を伸ばして武家屋敷の塀からはみ出ている桜の花を毟《むし》り取った。

「おれは実の親にもそんな優しい言葉は掛けられたことはねェですよ」

筆吉は花びらを口に含んで照れたように言った。花びらに何か味でもあるのかとおとせは思った。しかし筆吉は苦い顔で嚙んだ花びらをペッと吐き出し「伊賀屋の近くまで行って様子を訊ねて来たんですよ」と言葉を続けた。

「まあ……それでお店の様子はどうだったの？　大旦那はまだ若旦那を許すつもりはないの？」

そう訊いたおとせに、筆吉は眉間に皺を寄せた。

「大旦那は中風で倒れられて、医者は容体が危ねェと言ってるそうです」

おとせはつかの間、言葉を失ったが、すぐに「じゃあ、すぐに若旦那を迎えに行かなきゃお店が心配じゃないの」と言った。

「店は大旦那の弟さんが跡を継ぐそうです」

「それじゃ……」

「あい。これからのことは、その弟さん次第ですが、どうも若旦那を店に戻して跡を継がせるという話にはなっていねェようです」

「若旦那はどうなるんです」

「さあ……」

筆吉は他人事のように表情のない顔で首を傾げた。

「せめて大旦那の息のある内に勘当を解いてもらうということはできないものかしらねえ」

「大旦那は、もう喋ることも容易ではねェらしいです」

「……」

「ただ……面倒を見ている女中さんの話じゃ、回らない口で、どら、に会いてェと喋ったそうですが」

「若旦那のことですよ。どら息子のどら」

あっと気がついて、おとせは思わず笑ったが、すぐに涙が湧いた。

「出て行けと銭をぶつけて店から追い出し、人別を抜くまでむごいことをしたのは大旦那なんだが、まさか手前ェがそんな目に遭うとは思っていなかったんでしょう。もう、若旦那が伊賀屋の主《あるじ》に収まる望みはありやせん」

筆吉の声にも心なしか溜め息が混じった。

「筆吉さん、そのことを喜蝶さんに話すんですか？」

「話さなきゃしようがねェでしょう。あいつは、そこまで喋らなきゃ、わからねェ女ですから」

喜蝶のことを、あいつ呼ばわりした筆吉に何か仔細を感じたが、おとせはそれを訊けなかった。その内に稽古を終えた福助が師匠の家から出て来たせいもある。

おとせと筆吉は塀の陰に隠れて福助の様子を窺った。

福助は端唄のひと節《ふし》を口ずさみながら、来た道を戻って行く。道端に名もない花が咲いていると、立ち止まって眺める。全く、無邪気なものだった。

おとせと筆吉はゆっくりと福助の後からついて行ったが不審な行動は福助には

感じられなかった。おとせはそのことをお里に話して、ひとまずは、ほっと胸を撫で下ろしたものだが、伊賀屋の息子のことは喉に刺さった小骨のように、いつまでも気になっていた。

四

筆吉は伊賀屋の息子のことを喜蝶に話したのだろう。喜蝶の様子が変わった。花見の客で海老屋はいつになく賑わっていた。喜蝶は馴染み客を自分の部屋に待たせたまま、他の馴染み客のいる座敷へ凄まじい勢いで渡り歩いた。廊下を裲襠《しかけ》の裾を持ち上げて走る喜蝶の眼は吊り上がっていた。おとせは遣り手《やりて》のお沢の部屋から出た途端、そんな喜蝶と危うくぶつかりそうになった。おとせはお沢に縫い物を届けに行っていたのだ。

「邪魔だ。どきなんし！」

喜蝶に悪態《あくたい》をつかれた。

喜蝶は半ば自棄になっているのだとおとせは思う。しかし、喜蝶を慰める術《すべ》がわからなかった。喜蝶は伊賀屋の息子に落籍《らくせき》してもらう夢を見ていたのかも知れない。夢が壊れた時、男も女も自棄になるものだろうか。喜蝶は脇目も振らず稼ぐことで夢のことを忘れようとしていたのだと思う。仲ノ町の夜桜は雪洞の灯りに照らされて溜め息が出るほど美しい。その桜並木の両側をひしめくように人が通る。

今宵ひと夜の夢を求めて。この世には様々な夢の形があるものだとおとせは思う。

三月の半ばになって、おとせはまた、お里に福助の張り込みを頼まれた。心配はないと言ったのにお里は安心できない様子だった。もっとも、幼い子供に悪戯心を掻き立てる輩《やから》は、まだ捕まってはいなかった。

福助はいつものように日本堤を呑気に歩いて行った。半町ほど遅れておとせも後を追う。

師匠の家に着いた時、「海老屋の富士助でございます」と、その素晴らしい声を張り上げるのも変わっていなかった。

おとせは先日と同じように武家屋敷の門の傍で福助が出て来るのを待った。

小半刻後、福助は師匠の家から出て来た。

おとせは気づかれないように塀の陰に身体を寄せ、福助が歩き出すと後をつけた。

江戸は桜の季節でもあり、陽気がよいせいで歩いていても汗ばんだ。おとせは時々、懐から手巾《しゅきん》を出して額に滲んだ汗を拭った。

いつもと変わらず福助は歩いていたが、浅草寺前の広小路に出ると、不意に細い露地を曲がった。おとせは突然のことに胸の鼓動が高くなった。その露地は芸者の置屋がある所らしい。下地っ子《したじこ》（芸者の見習い）らしいのが二、三人笑いながら歩いて来るのとすれ違った。

下地っ子達は福助に警戒した眼をしていたが、通り過ぎると安心したように甲高い笑い声を立てた。

「福助だァね」

福助の名は知らなくても様子からそう思ったらしい。からかうような声だった。

さらに前を進むと、たよりとよく似た幼い少女が手鞠《てまり》を突いているのに気がついた。福助はその前で立ち止まった。おとせの胸はこれ以上ないほどに高鳴った。もしも福助にふとどきな行ないがあった時は、大声で叱ってやろうと身構えてもいた。

「通りますよ、いいですか？」

福助は少女に訊いた。狭い露地なので鞠突きの邪魔をすることになるから、福助はそう言葉を掛けたのだろう。

「あい、通りゃんせ」

少女は笑って応えた。

「ありがとうございます」

福助は律儀に頭を下げた。それがおかしいと、少女はけらけら笑った。

おとせは少女に声を掛けなくても、身体をうまく避《よ》けて、そこを通り過ぎた。

やがて垣根を回した小ざっぱりした家の前に来ると福助は中を覗いた。おとせに新たな緊張が走った。福助は中に耳を傾けている。耳を澄ますと、三味線の音と、まだ大人になり切れない少女の声が低く聞こえた。

その家はどうやら三味線を教える家のようだった。

福助はそのまま三味の音色に聞き惚れていた。

福助は大きく肯いた。何を納得して肯いたのかおとせにはわからない。しかし、福助は安心したような表情で踵《きびす》を返した。

「福助さん」

おとせは声を掛けずにいられなかった。

「ああ、おとせさん」

福助は幾分、驚いた顔をした。

「寄り道をしてはいけませんよ」

おとせは自然、詰《なじ》る口調になった。さんざん心配させられたせいだ。

「見つかってしまいました。どうぞ、おっ母さんにはご内聞に」

福助は幇間のように、自分のおでこを手でぺちっと叩くと悪戯っぽい表情になった。

「話によっちゃ内緒にしてもよろしいですけれどね。そこの家で何をしていたんです？」

福助は俯いて答えなかった。

「ああそうですか。あたしには、おっしゃりたくないと言う訳ですね。それなら仕方がない。お内儀さんにお話ししなければ。そうなると福助さんはお茶のお稽古ができなくなりますね。お気の毒なことです」

「言います、言います」

福助は顔を上げると慌てて言った。

「わたしは小梅さんの三味線を聞いていたんですよ」

「小梅さんって？」

「小万さんの娘さんです」

「小万さんに娘さんがいらしたんですか」

おとせは驚いた。海老屋の内芸者の小万は年増ではあったが子供がいるようには見えなかった。

「はい、そうです。小万さんは海老屋の仕事があるから小梅さんとは離れて暮らしています」

「………」

「小梅さんは三味が苦手なんです。だからわたしは心配で心配で」

おとせはそれで合点がいった。耳だけはいい福助はそっと小梅の稽古の様子を窺っていたらしい。

「もしかして、福助さんはその小梅さんがお好きなんですか？」

おとせが訊くと福助は両手で顔を覆った。

「ちょいと、何んですよ。大の男がみっともない」

福助はようやく手を離したが、その顔は朱《しゅ》に染まっていた。

「おとせさん、わたしは小梅さんを嫁にしたいのですが……やはり無理でしょうか。わたしは頭が悪いですから」

「小梅さんって幾つです？」

「十二です」

「………」

「今すぐじゃないですよ。小梅さんがもう少し大きくなったらですよ」

福助は慌てて言い添えた。

狭い露地から広い通りに出ると、おとせは福助と肩を並べて吉原に向かった。福助は当たり前の男だと思う。ねじ曲がった欲望の持ち主ではないのだ。そうでなければ小梅に対して恋心を抱く訳がない。福助は例の事件の下手人ではない。おとせはそのことに強い確信を持った。

「それで、三味のお師匠さんの家の前で福助さんが大きく肯いたのはどんな意味なんですか」

「え？　見ていたのですか」

福助は丸い眼をさらに大きく見開いた。

「見ていましたとも。今日の小梅さんの首尾は上々ということですか」

「そうです、そうです。先月は少しいけませんでしたが、今月は格段の進歩がありました」

福助は嬉しそうに言った。

「福助さん、あたしからもお内儀さんに福助さんの夢が叶うようにお話ししますよ。だから福助さんもお見世のためにせいぜい、気張って下さいましな」

おとせがそう言うと福助は立ち止まり、おとせに向かって丁寧に頭を下げた。

「よろしくお願い致します。海老屋富士助、一生のお願いでございます。何卒《なにとぞ》、何卒……」

通り過ぎる人が福助の芝居掛かった物言いに苦笑していた。おとせは恥ずかしさに福助の背中を一発どやした。

「やめて下さいましな。こんな人前で」

福助はおとせの勢いを受け留め切れず、つんのめりそうになった。

「おとせさん、女のくせに力が強いですね。転ぶところでしたよ。わたしは乱暴な人は嫌いです」

福助はぷりぷりしながら歩き出した。

五

引け四つ（夜中の十二時頃）の柝《き》が入ると吉原はようやく見世仕舞いとなる。遊女に振られた客が部屋の外に出て廊下をふらふらし、「これさ、廊下鳶《ろうかとんび》をしなさるな」と注意されるのもその時分である。客のふらふらした姿が醜いことから鳶にたとえられるのだろう。

おとせはその夜、昼間飲みすぎた茶のせいで夜中に目が覚めた。お針の部屋は一階にあるが、厠《かわや》に寄り、ついでに台所で水を飲んで戻る時、ふと二階の喜蝶のことが気になった。

あれからずっと浮かぬ顔をしていたからだ。

今夜の客は泊まらずに帰ったので、喜蝶もゆっくり寝られることだろうと思った。もしも寝つけずにいたなら、声の一つも掛けて慰めてやろうと思った。

足音を忍ばせて二階に上がると常夜灯が仄白く黒光りした廊下を照らしている。喜蝶の部屋の前まで来て足が竦《すく》んだ。押し殺したような男女の話し声が聞こえたからだ。それは諍《いさか》いにも思えた。驚いたことに男の声は筆吉だった。遊女の部屋に入ることをあれほど遠慮していた男が何用あって、こんな夜中に喜蝶の所にいるのだろう。しかし、それを心配して、あれこれいらぬ差し出口は、いかにも余計なことに思える。おとせは見ない振り、聞かない振りをしようと思った。

だが、次の瞬間、ばしっと、しばかれる音が聞こえて、おとせの心ノ臓は大きく音を立てた。何が起きているのか想像もできない。おとせは踵をそっと返した。

おとせがもっと驚いたのは目の前に薄絹が立っていたことだった。薄絹は咎めるような眼でおとせを見ている。お里に告げ口されたら海老屋にはいられないだろう。おとせは両手を合わせ、拝《おが》むようにしてから薄絹の前を通り過ぎた。階段を下りながら横目で薄絹の様子をすばやく盗み見ると、薄絹は喜蝶の部屋の閉じた障子をじっと眺めていた。

翌日のおとせは生きた心地もしなかった。

いつ、お里に呼ばれて小言を喰らうかと内心でひやひやしていた。だが、お里からは何も言われず、喜蝶も筆吉も、いつもと変わりがなかった。

おとせは嫌やな気分を忘れるように縫い物に没頭した。いつもの倍ほども仕事をしたと思う。昼飯を食べてほっとした時に禿のあやはが、お針の部屋に訪れて、

「おとせさん、花魁が呼んでありいす」と言った。とうとう来たかと思った。おとせは唇を嚙み締めると覚悟を決めた。

「花魁」

薄絹の部屋の前で深い吐息をついて心を落ち着かせたつもりだが、胸の動悸は高かった。

「お入りなんし……」

薄絹の低い声が聞こえた。中に入って障子を閉めると、「花魁、昨夜は堪忍して下さい。あたしは喜蝶さんのことが心配で、心配で。申し訳ありません」と、畳に額をこすりつけるようにして謝った。

「やめなんし。おとせさんからそうされる覚えはありいせん」

「でも……」

「気づいたのかえ」

薄絹は部屋着の襟を肩の上に引き上げながら訊いた。

「何んのことでしょうか」

おとせは怪訝な眼で逆に訊き返した。

「喜蝶さんの部屋に誰がいたか気づいたのかと訊いているざます」

「あの……それは……」

「遠慮はいりいせん。おっせェす」

「……」

「わっちはおとせさんを咎めてはおりいせん。ただ訊いているだけざます」

「筆吉さんが……」

おとせは消え入りそうな声で応えた。薄絹は、すいっと眉を持ち上げた。

「それで、おとせさんはどういう了簡《りょうけん》でいるざますか」

薄絹の声に厳しいものが感じられた。

「どういう了簡とおっしゃられても、あたしは別に」

「お内儀さんに言いなんすか？」

「とんでもない」

おとせはかぶりを振った。その拍子に薄絹の表情が弛んだ。

「それならいいざます。あい、手間を取らせて、おかたじけ」

薄絹はあっさりとおとせを解放した。おとせは心からほっとして頭を下げたが、

「花魁、あたしが喜蝶さんの仔細をお訊ねしたら、花魁はお怒りになるでしょうね」と言った。

「おとせさんは金棒引《かなぼうひ》きかえ」

金棒引きとは、世間の噂好きの者を指す。

「とんでもない。人の困るようなことは喋って歩きませんよ」

おとせはその時だけ、むっと腹を立てた。

「おとせさんはもうわかっているじゃあ、おっせんか」

薄絹は訳知り顔で言う。長煙管に火を点《つ》けて白い煙を、もわりと吐き出した。

「いいえ、ちっとも」

おとせは煙の行方を眼で追っている薄絹に言った。

「察しが悪い。筆さんは喜蝶さんの間夫《まぶ》なのさ。だが、これは見世には内緒の話だ。わっちと喜蝶さんしか知らないことだ」

「……………」

喜蝶と筆吉は同じ村の出だった。最初に筆吉が海老屋に奉公に上がり、その後で喜蝶が海老屋の養女になったのだ。妓夫と遊女の恋は、もちろん廓では御法度。しかし、二人は密かに自分達の思いを育てていた。喜蝶の年季が明けたあかつきには、晴れて所帯を持とうと約束を交わしているという。

だが、年を取り、お互いに分別がついて来ると、それがいかに途方もない望みだったか気づくようにもなった。特に喜蝶は疲れていた。年季が明けるまで海老屋にしがみついているかと思えば、そこまでの年月が途方もなく長く思え、また花魁としての矜持《きょうじ》も喜蝶を責め立てた。どうしたらいいものか。筆吉はそんな喜蝶に、いい人がいたら落籍してもらったらいいと言ったらしい。その方がある意味で喜蝶の倖せだと思ったようだ。筆吉は男らしいとおとせは思う。喜蝶にとって伊賀屋甚三郎は与《くみ》しやすい客であった。喜蝶の言うことに、ほいほいと鼻の下を伸ばし、金を出す若旦那が。

喜蝶はその内、あらぬ考えに捉えられた。伊賀屋甚三郎に落籍してもらった後も筆吉との繋がりを切らずにいることだった。

筆吉は喜蝶の考えに強く反対していた。それが原因で、しばらく二人の仲は険悪になっていたという。しかし、伊賀屋の息子は勘当され、筆吉は喜蝶のせいだと詰った。

それが昨夜の諍いにもなったのだろう。

「これからどうなるんでしょう」

おとせは薄絹の話が終わった後で心細いような声で訊いた。

「さあてね。先のことは誰にもわかりいせん。喜蝶さんが新しい客の所に行きなんすか、それとも年季まで勤め上げて筆さんと一緒になりいすか……」

「花魁、勝手を言いますが、このお話、聞かなければよかった……」

おとせは袖で眼を拭って言った。喜蝶と筆吉の気持ちが切なかった。

「所詮、花魁も一人の女さね。情に流される時もありいすよ」

薄絹はそう言って火鉢の縁で煙管の雁首を叩いた。

おとせは薄絹に頭を下げて部屋を出た。立ち上がった拍子に開け放した窓の外に、こんもりと真綿を被せたような桜が見えた。満開であった。


明日は晦日という夜。おとせは朋輩《ほうばい》と一緒に夜桜見物に出た。お里が行っておいでと許してくれたのである。翌日はまた、根こそぎ取り払われるのかと思えば、いっそ惜しいような気持ちである。すべての花びらが散って葉桜になるまで眺めていたいとも思う。しかし、吉原で葉桜に風情を感じる趣向はないのだ。

仲ノ町の通りも夜桜見物の客で賑わっていた。客も今夜ばかりは遊女屋に揚がることより、桜を眺める気持ちの方が強いのだろう。見世はいつもより暇に思える。

小半刻、見物を終えたおとせは海老屋に戻るところだった。格子の前には編み笠で顔を隠した客が張り見世の遊女を品定めしている。

筆吉がそんな客に声を掛けている。慌ててその場を離れた客はひやかしだろう。筆吉は新たな客の呼び込みを続ける。

筆吉の立っている上は喜蝶の部屋になる。

障子に喜蝶の横兵庫の影が映ったと思うと、からりと開いた。

喜蝶の顔が夜目にも白い。筆吉が二階の気配に上を向く。喜蝶は下を向いた。二人の視線が一瞬、絡《から》み合った。だが、筆吉はすぐに前を向く。喜蝶も通りの桜に眼を向けた。

二人が眺めているのは同じ樹の桜だった。

おとせは胸の中で「ああ」と呟いた。二人はそのまま、しばらく桜に見入っている。筆吉は動かない。二人の姿は一幅の絵のようだった。歌川派の絵師、国貞《くにさだ》でも見たら小躍りしそうな構図に思えた。花魁と妓夫。

やがて喜蝶は顔を引っ込めて障子を閉めた。

すると同時に筆吉も動き出した。

「旦那、旦那、夜桜もよろしゅうございますが、お揚がりになりやせんか。ちょい、旦那、いかがさまで」

呼び込みをする筆吉は昼間の筆吉とは別人のようだ。これが吉原で生きる男の顔だとおとせは思う。昼と夜の二つの顔を持たなければならないのだ。自分も長いこと、ここで暮らしていれば二つの顔を持つのだろうか。

おとせは海老屋に入る前に通りをもう一度振り返った。満枝の花びらはびっしりと隙間もない。その花びらの上に、果てもない暗い空が拡がっていた。

翌日は朝から高田の植木屋が入って桜の撤去に掛かった。植木職人の中に伊賀屋甚三郎の姿はとうとう見つけられなかった。無事に店に戻ることができたのか、はたまたよそに職を求めて行ってしまったのか、おとせにはわからなかった。しかし、それから吉原で伊賀屋甚三郎の姿を二度と見掛けることはなかった。

甘露梅《かんろばい》

一

おとせは最近、頭痛を覚えることが多かった。ずきずきとした痛みではなく、何んとはなしに頭が重い。身体全体も気だるく、やる気が起きない。特に針を持って仕事をする段になると症状がひどくなるような気がした。

吉原の遊女屋でお針に雇われているおとせにとっては困ることであった。仕事の合間に部屋で横になっていると、仕事を怠けていると告げ口する者もいた。おとせは雇われている海老屋のお内儀にチクリと小言を言われ、心底落ち込んでいた。

おとせには自分の不調の理由がよくわかっていた。吉原に来て間もない頃は仕事を早く覚えようと気を張っていたものだ。半年が過ぎて、その暮らしに慣れて来ると、さて、この仕事をいつまで続けるのだろうかと、先のことに思いがいった。

おかたじけ、助かりいした、の礼の言葉を聞けるのならまだしも、この頃は仏頂面で文句を言う遊女も中にはいる。身八《みや》つ口《くち》の閂《かんぬき》止《ど》めは身体の動きで破れないようにと丈夫に縫うものだが、酔客に引っ張られてはどうしようもない。無残に破れた合着《あいぎ》をどさりと目の前に放り出され「縫いが甘いのじゃおっせんか？それとも手間賃が何度もほしくて、わざとこねェに雑な仕事をしなんすか」と小意地悪く言われて返す言葉もなかった。

おとせはこの頃、口数が少なくなった。さっさと仕事を仕舞いにして、もとの住まいに戻りたいと思っても、住まいは、とうに息子の家族に占領されている。おとせが戻ったところで居場所はないのだ。他に住まいを見つけるにしても手持ちのものだけでは心細い。親しい兄弟も親戚もいないとあっては愚痴をこぼせる所もなかった。おとせは次第に、言いようのない寂しさに襲われるようになった。

多分、それが頭痛や身体の不調の原因なのだ。

亡くなった亭主の顔がしきりと思い出された。ああ、自分の味方は亭主の勝蔵一人だったのかと。そう思うと、さっさとあの世に旅立った勝蔵が恨めしく、いっそ、後を追って行きたいと、しきりに考えるようになった。

おとせは仕事が終わると江戸町二丁目に見世を構える海老屋を出て九郎助稲荷《くろすけいなり》に詣《もう》でるようになった。おとせは一人になりたかった。誰もいない所で独り言の愚痴をこぼしたかった。

九郎助稲荷は水道尻《すいどじり》の手前を左に折れた京町の奥、稲荷長屋の角《かど》にある。稲荷は江戸町の明石稲荷の方が近いのだが、知った顔に出合わない九郎助稲荷に自然に足が向いた。

九郎助稲荷は縁結びの神と崇《あが》められ、毎月の午《うま》の日には参詣する者が多かった。しかし、普段は吉原の隅という場所柄、ひっそりとして何やらもの悲しい風情がある。

その日もおとせは九郎助稲荷に足が向いていた。五月の声を聞いて、吉原の遊女達の恰好も夏物に変わった。汗ばむ日が多い。おとせも単衣《ひとえ》の着物を裾短く着付け、下駄の音が、やけに耳につく通りに足を踏み入れた。

九郎助稲荷には先客がいた。見慣れぬ顔であったが、湯を遣い、髪を結い上げた姿は、紛れもなく遊女である。夜見世が始まるまでの僅かな時間を見計らって訪れたのだろう。

まだ若い。振袖新造だろう。一心にお百度を踏んでいた。その一途な姿はおとせの胸を打った。

振袖新造はようやくお参りを終えると履物に足を通し、踵《きびす》を返した。通りの隅でじっと待っていたおとせに気づくと控え目に頭を下げた。おとせもそれに応える。

通り過ぎた瞬間に伽羅《きゃら》の香がふわりと匂った。馴染みの客を自分の許へ通わせるためか、それとも言い交わした相手と早く添えるように願を掛けたものだろうか。おとせはその後ろ姿をしばらく見送ってから、ようやくお堂の前に立って掌《て》を合わせた。

眼を閉じると様々なことが頭に浮かぶ。勝蔵の顔、息子や娘、孫の顔、日本橋上槙町《かみまきちょう》の住まい、なぜか海老屋の花魁、可愛がっている禿の顔などを。切なく胸が痛み、おとせは思わず涙ぐんだ。

「おやおや、おとせさんが縁結びの神さんにお参りをしているよ。こいつは穏やかじゃない。相手はどこのどちらさんでしょうな。もしやあちき……なんてことはないやね」

うしろから甲高い塩辛声が聞こえた。ぎょっとして振り向くと、羽織姿に頰被《ほおかぶ》りという妙な恰好をした男が立っていた。一瞬、誰なのか判断できないところがあった。男はおとせの気持ちを敏感に察して頭の手拭いを毟《むし》り取ると、にッと笑った。

引手茶屋《ひきてぢゃや》「花月《かげつ》」の主である花月亭凧助《かげつていたこすけ》である。花月は海老屋と懇意にしている茶屋である。海老屋のような大見世の客は引手茶屋の手引きで登楼するのである。

爪助は幇間《ほうかん》（太鼓持ち）上がりの男で、今でも贔屓《ひいき》の客に呼ばれるとお座敷で芸を披露することがあった。

「ご亭《て》さん……」

おとせは消え入りそうな声で言った。何んだか胸が詰《つ》まり、肩でも突っつかれたら声を上げて泣いてしまいそうだった。

「どうしたんだい」

爪助の笑顔が途端に心配そうな表情に変わった。

「いえ、何んでもありません」

爪助は六十近い年だと聞いている。恰好が若造りだから、とてもそんな年には見えない。しかし、目尻に刻まれた皺は深かった。

「この頃、どういう訳か身体に力が入らなくて……お稲荷さんにお参りすれば少しはよくなるかと思いましてね」

おとせは取り繕《つくろ》うように笑顔を拵《こしら》えて言った。

「九郎助さんじゃご利益《りやく》はねェだろう。ここは縁結びだよ」

「知ってます。でも、どこだっていいんですよ。どうせ気休めなんですから」

「それを言っちゃ、九郎助さんが可哀想だ。甲子屋《きねや》の雛菊《ひなぎく》は一所懸命に願を掛けていたというのに……」

「ああ、あの妓《こ》、甲子屋さんにいる妓だったんですか」

おとせの前にお参りしていた振袖新造のことだった。甲子屋は揚屋町《あげやまち》にある半籬《はんまがき》の遊女屋である。

「間夫《まぶ》がいるのさ。これがねえ、銭のねェ男でね。色男、金と力はなかりけりってね」

爪助は溜め息混じりに応えた。

「それも若い内のこと。いっそ羨ましいというものですよ。あたしみたいに年を取ってしまえば、もうおしまい」

おとせは自棄《やけ》のように言った。

「羨ましいと来ましたか。ところが物事はそれほど穏やかじゃねェんですよ。雛菊はどうやら甲子屋を逃げ出す算段をしているらしい」

「まさか……大門を抜けることは容易じゃない。よしんば、うまく逃げ出したところで見世の若い者にすぐに見つけられてしまいますよ」

「そうそう。そしてその後は他の女の見せしめのために河岸《かし》女郎に落とされる」

河岸女郎とは、お歯黒溝《はぐろどぶ》の周辺に並ぶ下級の遊女屋に勤める遊女のことを指す。廓《くるわ》には廓の掟《おきて》がある。それに背いた者にはむごい現実が待ち構えているのである。

「あちきはねえ、雛菊の父親を知っているんですよ」

凧助は仲ノ町の通りにおとせを促しながらぼそぼそと話した。おとせが通り過ぎる人とぶつかりそうになると、さり気なく手を添えてくれた。そんな気遣いが今のおとせには何より嬉しかった。

「あちきはこれでも元は二本差しなんですよ」

「お武家さん？」

おとせは驚いて凧助を見た。凧助は人なつっこい眼でにやりと笑った。

「貧乏御家人の末っ子だったんですよ」

「それがどうして太鼓持ちなんぞに」

「あちきはお袋が四十の時にできた恥掻きっ子でね、お袋はそれを世間の負い目と思っていたんですよ」

「そんな馬鹿な。あたしの知っている人なんて四十六で子を産んで、孫にずいぶん分間違われたけれど、立派に育てて、産んでよかったって何度も言ってましたよ。ほら、子供も親が年だと気を遣うでしょう？　親孝行して貰ったって……」

「いい親だなあ。あちきの親は生憎《あいにく》、そうじゃなかった。はいはいを始めた頃に目の前に刀と算盤と太鼓を置いて、あちきがどれを取るか試したんですよ。刀を取れば家に置き、算盤を取れば商家に奉公に出し、太鼓を取れば……」

「太鼓持ちなんですか？　まさか」

おとせはようやく笑った。

「まさかという坂はありゃしませんよ。それは本当のこと。あちきは太鼓持ちの師匠の所に弟子入りさせられたんです」

「そうなんですか」

凧助が時々、幇間には似合わない鋭い眼になるのは生まれのせいかと合点がいった。

「雛菊の親父とは幼なじみでね、向こうも喰い潰して娘を吉原《なか》に売ることになっちまったんだが、あちきは親父に、くれぐれもよろしくと頼まれているもんだから、甲子屋の主に様子がおかしいと言われて気が気じゃねェんですよ」

「それで後をつけていたんですか」

「そうそう、大当たり」

「でも……若さって一途なものですから、死ぬ気でやられたらどうしようもないんじゃありませんか？」

「……」

凧助は返答に窮し、少し禿げ上がった額をつるりと撫でた。

「ねえ、おとせさん。あちきに力を貸してくれやせんか」

そう言った凧助は真顔だった。

「あたしは……あたしになんて何もできませんよ。お見世も違うし……うちの見世の妓なら、何んとか説得のしようもありますけれど」

「うちの奴に甘露の手伝いを頼まれているそうだね」

「え、ええ。それが何か」

毎年五月の半ばから引手茶屋では甘露梅《かんろばい》の仕込みが行われる。おとせは花月のお内儀のお浜から手伝いを頼まれていた。甘露梅は正月に来た客が馴染みの見世に揚がる時に年玉にする縁起物である。蜜に漬けた梅を小箱に入れ、銀紙で括《くく》ったものである。今年拵える物は再来年用であった。来年の正月の甘露梅は昨年の五月に仕込んだ物が使用されるのだ。

「雛菊も来るんだよ。おとせさん、さり気なく話を聞いて、それで何んとか踏み留《とど》まらせてはくれないだろうか」

「無理ですよ、ご亭さん」

おとせは慌てて手を振った。

「海老屋のお里さんには、ちゃんと訳を話すからさ。少々、見世を抜け出しても何も言われないようにさ」

「……」

「少し、吉原に嫌気が差しているんじゃないのかい?」

図星を指されて、おとせはまじまじと凧助を見つめた。

「わかるんだよ。あんたのような人は吉原の水に馴染むには時間が掛かるってことはね。きれえ、きれえと言ったところで、所詮は身体を売り買いする女郎屋の奉公じゃないか。元は日本橋を縄張りにする親分さんのお内儀さんには納得できていないところがあるはずだ」

「……」

「あんたの元気のなさは詰まるところ、それじゃないのかい?」

「ご亭さん……」

「二、三日、うちの見世に泊まって貰おうか」

おとせは凧助の言葉が胸に滲《し》みた。

二

揚屋町にある花月では畳敷きの縁《えん》に小屛風を回し、女達が甘露梅造りに余念がない。引手茶屋は年中、青簾《あおすだれ》を下げ、それを内から突っかえ棒をして風に膨《ふく》らんでいるように見せている。脇に回れば中の様子が窺《うかが》える仕掛けである。入口の掛行灯《かけあんどん》の横に半坪の土間があり、奥に進んで行くと紺地に白く「花月」と染め抜いた暖簾が下がり、そこを人が慌ただしく出入りしていた。

桟敷に敷物を敷いた上に大きな平たい木樽《きだる》が置かれ、漬かった梅が山盛りになっている。別の木樽の中には紫蘇《しそ》で包んだ梅が、これも山盛りになっていた。

木樽の周りに女達が車座になってお喋りをしながら手を動かす。それは結構楽しい作業だった。おとせは海老屋の内芸者の小万と一緒に手伝いに来た。花月の女中が二人、それに先日九郎助稲荷で見かけた甲子屋の雛菊と、松雪《まつゆき》と呼ばれる振袖新造がいた。花月の若い者はでき上がった紫蘇梅を台所に運び、代わりに笊《ざる》に入れた梅を持って来る。作業は簡単であるが量が多いので花月でも手伝いを頼まなければ、いつ終わるのか知れたものではなかった。

甘露梅は青い小粒の梅を塩に漬け、それが漬かると取り出して半分に割り、種を取る。

種を取り出して空いたところに朝倉山椒《あさくらさんしょう》をまぶし、割った種を戻し、梅も元の形に合わせて紫蘇の葉にくるむのである。紫蘇梅は砂糖と酒で合わせた蜜に漬け、壺に入れて目張りする。風が入ると黴《かび》ができるそうだから目張りは気をつけて行なわなければならないという。引手茶屋によっては朝倉山椒の代わりに粒胡椒《つぶこしょう》を入れる所もあるようだ。人手が足らなくて梅の種を取らずに、そのまま紫蘇でくるむ茶屋もあったが、できには格段の差があるそうだ。やはり手間暇を掛けた物が極上になるのは甘露梅に限らない。

おとせは時々、雛菊の横顔をちらりと眺めながら甘露梅造りに精を出した。気が弱っている時、何も考えなくてもよい手仕事はいいものだとも思っていた。

「おとせさん、この頃、元気がないようだけど具合でも悪い？」

小万が心配そうに訊いた。二十九の芸者である。小梅という十二になる娘がいた。

小万は小梅と離れて暮らしていた。月に一度、一緒に甘い物を食べるのが楽しみだと洩らしている。小梅は芸者の下地っ子をしていて、よその芸妓屋に預けられていた。小梅は添えない男との間にできた子だという。そういう話を、おとせは海老屋のお内儀から聞いていた。

「小万さんにも心配を掛けて申し訳ありません。いえね、何んだか身体に力が入らないんですよ」

「お家が恋しくなったのかしら」

小万が訳知り顔で続けた。小万の指先は紫蘇の色が滲みて、すでに赤くなっている。

「家が恋しいと言ったら小万さんは意気地なしだと思うでしょうね」

「そんなことありませんよ。あたしだって時々、無性に娘の顔が見たくなるもの」

「え？　小万さん、娘さんがおりいしたか？」

松雪が驚いた顔で口を開いた。美人ではないが愛嬌のある顔である。雛菊もこちらを見た。細面の顔立ちはどこか寂しげな風情があり、鈴を張ったような眼も人目を惹《ひ》く。

「ええ、今年十二になる娘がいるんですよ。でもここだけの話ですよ。お客様に娘がいるなんて知られたら興ざめで、いただく御祝儀《おはな》が少なくなっちまいますから」

小万は悪戯っぽい表情で松雪に笑った。

「でも、とてもそんなふうには見えない。ねえ、雛菊さん？」

松雪は傍の雛菊に相槌を求めた。

「ええ、小万さんは若くてきれえだから、独り者で充分通りいす」

雛菊は少しこもったような声で応えた。

「あらあら、そんなに持ち上げて貰って、これじゃ、何か出さなきゃならないわね」

「小万さん、竹村伊勢の最中《もなか》で手を打ちましょう。あい、おかたじけ」

松雪はちゃっかりしたことを言って周りの者を笑わせた。「竹村伊勢」は吉原の江戸町二丁目にある菓子屋だった。いつも店先に季節の花を飾って通り過ぎる人の目を楽しませている。そこの最中は吉原名物の一つでもあった。

「おとせさんは旦那さんも亡くなって、気の毒だと思っていましたよ。でも、息子さんも娘さんも一人前だから、もう何も心配はいらないじゃないですか」

小万はおとせを励ますように言葉を続けた。

「ええ……」

「そうか……あたしは小梅のことがあるからまだまだ頑張らなきゃと思うけど、おとせさんは誰かのために頑張る必要がないから身体に力が入らないのかしら」

「そうかも知れませんね」

おとせは紫蘇で梅を包みながら応えた。梅と紫蘇のつんとする香りで座敷の中はむせるようだった。

「誰かいい人でもできるといいのに……」

小万の言葉におとせは驚いて、あやうく包んだ梅を取り落としそうになった。

「小万さん、冗談はなしですよ。あたしは孫もいるんですから、そんな外聞《がいぶん》の悪いことはできませんよ」

「いやあ、おとせさん、お孫さんがおりいすか。それこそ驚きざます」

松雪がまた大袈裟な声を上げた。

「これ、松雪さん、声が大きい。外に聞こえますよ。あたしだってこの年で孫を持つとは夢にも思いませんでしたよ」

「お孫さんは可愛いいざますか？」

それまで黙っていた雛菊がふわりと笑って訊いた。

「ええ、それはもう……」

おとせが応えると雛菊は肯いて手許に視線を落とした。そのまましばらく、物思いに耽っている様子である。言い交わした相手の子を産み、それを実の父親に見せる想像でもしているのかとおとせは思った。九郎助稲荷で見せた雛菊の表情がおとせの脳裏をよぎった。

「あい、皆々様、本日はご苦労様にございます」

爪助が外から戻り、ひょうきんな顔を拵えて女達に声を掛けた。手には小ぶりの紙包みを持っている。

「小万さん、今日は滅法界もなく美人に見えやすね」

爪助は小万の傍を通る時、軽口を叩いた。

「甘露の手伝いをしているものだから、しゃらりと嘘を言って、まあ……」

小万は、すかさず応酬した。

「あちきは嘘と丸髷はゆったことがねェですって」

「ご亭さんの丸髷は見たいねえ。さぞかし腹の皮が捩《よじ》れることだろうよ」

小万の言葉に女達は、どっと笑った。爪助も、えへえへと笑い、おとせにさり気なく目配せした。首尾はどうかと訊いている。おとせは力なく首を振った。

「さて、皆様、一服したらいかがです？　ちょうど竹村伊勢の最中なんぞを買って来ましたから」

爪助がそう言うと松雪は甲高い声を上げて爪助の首にかじりついた。全く間がいい。竹村伊勢の最中の話をしたばかりである。

「わっちゃあご亭さんが、いっち好きざます。好きで好きで堪《たま》りいせん」

「おっと四角《しかく》卵《たまご》、晦日《みそか》の月とくらァ」

遊女の甘言をこの世にないものにたとえて爪助は笑った。爪助は松雪の腕をさり気なくほどいて「雛菊ちゃん、元気にしているか」と訊いた。

「あい、お蔭様で」

「なんぞ変わったことはないか」

「あい……」

爪助の言い方は引手茶屋の主というより親戚の者のように情がこもっていた。

「ご亭さん、雛菊さんの心は千々《ちぢ》でござんすよ」

松雪が口を挟んだ。雛菊は眉間に皺《しわ》を寄せ「松雪さん、余計な話はやめて下《くだ》っし」と、ぴしりと制した。

「余計な話じゃおっせん。わっちも雛菊さんを心底、心配しておりいす。お絵師のいい人は揚げ代を工面できずに雛菊さんに頼っておりいす。身揚がりでは借金が膨れる一方で、このままでは年季が明けても大門の外に出られるかどうか……」

身揚がりとは客の揚げ代を遊女が肩代わりすることである。揚げ代は当然、遊女の借金として加算される。

「そうなのかい？」

凧助は真顔になった。雛菊は何も言えずに俯いて洟《はな》を啜った。

「もしや馬鹿なことを考えているんじゃないだろうね」

「ご亭さん、そんなことは決して……」

「あんたのお父っつぁんからもよろしくと頼まれているんだ。くれぐれも短慮はいけないよ」

「ご亭さん、雛菊さんはようくわかっておりますよ。どうぞ、小言はそのくらいで」

おとせは雛菊が気の毒になって助け船を出した。

「よろしくと頼むくらいなら、なぜ吉原にわっちを売った……」

雛菊は恨むように吐き捨てた。

「そ、それは色々とあんたのお父っつぁんにも事情というものがあったからさ」

凧助は慌てて言い繕った。

「銭のためなら娘が苦界《くがい》勤めをすることも厭《いと》わない……わっちの父親は情《じょう》なしざます」

雛菊はとうとう袂を口に押し当てて泣き出した。傍にいた女達はどうしてよいかわからず、互いに顔を見合わせている。おとせは立ち上がって雛菊の傍に行き、その肩を抱いた。

「雛菊さん、あんたは心底、お父っつぁんを恨んでいる訳ではないですよね。それは甲子屋さんに入る時に覚悟を決めていたことだもの。好きな人と、この先、にっちもさっちも行かなくなったから自棄を起こしてそんなことを言うんでしょう？」

おとせの言葉に雛菊はいやいやと首を振った。

「駄目よ、人のせいにしちゃ。自分のことは自分でけりをつけなければならないのよ。特にこの吉原ではね。しっかりしなけりゃ、すぐに潰される。雛菊さんも河岸に落とされた人のことは聞いているでしょう？　甲子屋さんにお世話になっている内はまだいいのよ。ね、自棄を起こさないで。こんなあたしでよかったら幾らでも力になりますから」

おとせは噛んで含めるように言った。娘のお勝と雛菊は同い年ぐらいに思える。自分だったらどんなに困っても決して遊女屋に売るような真似はしないだろう。しかし、切羽詰まってそうする親は、この江戸にはごまんといる。娘を売った金で酒を飲んでいるような人を見ると、おとせは反吐《へど》が出るほど憎らしかった。いや、吉原にいる女達は大方が親のため、きょうだいのために辛抱している者ばかりと言っても過言ではない。雛菊を諭しながら、おとせは自分でもやり切れなくなって涙がこぼれた。雛菊はおとせが泣いていることに気づくと怪訝な顔をおとせに向けた。

「どうして？　どうしておとせさんはわっちのために泣きなんす」

「どうしてかしらねえ……」

おとせは泣き笑いで応えた。

貰い泣きして洟を啜った小万が、「雛菊さん、一つあたしの話をお聞かせしましょうか」と言った。

「今年の甘露梅はさぞかしいい味になることだろうよ。何しろ、女の涙入りとくらァ」

爪助は自分でも赤い眼をして冗談を吐いた。

「ご亭さん、乙《おつ》にすてきなことを言いなんす。やっぱりわっちはご亭さんが、いっち好きざます」

松雪がその場を盛り上げようと、また大袈裟に爪助の首にかじりついた。ちょうどその時、内所からお内儀のお浜が襷《たすき》掛《が》け、前垂れ姿で現れた。松雪の姿を見ると眉間に皺を寄せ、「松雪さん、うちの人にお愛想を振り撒《ま》いてもお足にはなりませんよ」と、ちくりと皮肉を洩らした。松雪はばつの悪そうな顔で腕を離した。

「おや、お浜さん、悋気《りんき》かい？　こいつはありがてェ。どうだい、しばらくあんたともご無沙汰だ。今夜あたり……」

爪助が冗談に紛《まぎ》らわせてそんなことを言う。

「馬鹿馬鹿しい」

お浜はぷりぷりして梅の入った笊をざらりと木樽にあけると台所に戻って行った。

竹村伊勢の最中でお茶を飲むと、もう昼に掛かり、夜見世の仕度のある雛菊と松雪は戻らなければならない。雛菊は小万の身の上話を聞きたいような顔をしていたが「明日のお楽しみ」と、小万が応えたのでなごり惜しそうに花月を出て行った。

「いいんですか、身の上話なんて……小万さんだって胸の内に秘めて置きたいでしょうに」

おとせは小万に気を遣ってそう言った。

「雛菊さんの顔を見たでしょう？　切羽詰まっておりましたよ。あたしにはわかるんです。昔、あたしもそうだったから……」

「あたしも一緒にお聞きしてよろしいんですか？　何んなら明日は座を外しましょうか」

「おとせさん、今のあたしは何んにも惑わされることがないから話せるんですよ。引け目があるのだったら、とてもとても……」

「じゃあ、雛菊さんのために？」

「あい。あたしの話で雛菊さんが了簡を入れ換えてくれるのなら」

おとせは太っ腹な小万に感心した。小万の表情は涼し気だった。かつては、どろどろとした男と女の炎の中で身を焦《こ》がしていたものを。

「並の女房が吉原に来ると、何も彼《か》もが驚きですよ。でも、ここに来なかったら、あたしは吉原って所の本当を知らないまま終わったでしょうよ」

おとせはしみじみとした口調で言った。

「吉原の本当って何んだい、おとせさん」

凧助が笑って訊いた。

「それはひと口には言えませんよ。ご亭さんはどう思っていらっしゃるんですか？」

おとせは凧助に向き直った。凧助は煙草盆を引き寄せ、銀煙管《ぎんギセル》に一服点《つ》けながら、ひょいと眉を持ち上げた。

「四角卵、晦日の月だァね」

凧助は遠い眼になって、それでも茶化すように応えた。

「それぱっかり……」

小万はからかうように笑った。

三

口明けの時刻までおとせは甘露梅の仕込みを手伝った。残りは明日にしようとお浜に言われ、後片付けをして残った梅を台所に戻した。梅は渋紙で覆われて翌日を待つことになった。おとせは花月の内所を手伝い、凧助の綻《ほころ》びた羽織の修繕なども気軽に引き受けた。

その夜は花月に泊まったが、枕が変わったせいで、おとせはなかなか眠られなかった。

客を馴染みの見世に送り込み、あるいは帰る客を見世に迎えに行き、店仕舞いをするまで、花月はざわざわと喧噪に包まれた。海老屋では引け四つも過ぎるとさすがに静かになるが、引手茶屋はそうもいかない。お浜や凧助はいつ眠るのだろうと思ったほどである。

おとせは眠られぬままに部屋の窓を開けて外を眺めた。べろ藍を溶かしたような夜に、誰《た》そや行灯の仄灯りが滲むような光を投げている。誰そや行灯は遊女屋の通りに用水桶と交互に並んでいる。昔、西田屋にいたたそやという遊女が揚屋町の帰りに何者かに殺されてから、用心のために灯りを置くようになったのだ。それが誰そや行灯の謂《いわ》れだった。その誰そや行灯よりも空の星の方がよほど明るいと思った。根来塗《ねごろぬ》りのような色をした月も昇っている。

ちゅうちゅうと鼠鳴《ねずみな》きが聞こえて、視線をそちらに向けると、狭い通りに人の影らしいものが見えた。

隣りは甲子屋になる。真夜中になると、さすがに表には見世の若い者の姿もなくなる。声に誘われて二階の障子がからりと開いた。

夜目にも白い女の顔が現れた。雛菊である。するとと階下にいるのは雛菊の言い交わした敵方《あいかた》なのか。おとせの胸の動悸は知らずに高くなった。おとせは僅かに顔を引っ込めた。

「人に知られいす。さっさとお帰りなんし」

雛菊の諫《いさ》める声が低く聞こえた。

「後生だ。上に揚げてくんな」

ひそめた男の声が続いた。

「揚げ代を持っておいでなんすか？」

「………」

「わっちは売物、買物の女ざます。揚げ代のない客の相手はしないざます」

「もうすぐ、版元が挿画《さしえ》の手間賃を払ってくれる。それまで立て替えてくんねエ」

「その言い訳は聞き飽きたざます。ぬしはわっちと約束したはず。きっと一人前になるまで辛抱すると……あれは口舌ざますか？　実《じつ》のない紙屑絵師に用はありいせん。帰って下っし、帰って」

障子がぴしゃりと音を立てた。階下の男はそれでも、しばらくその場に立っていたが、ようやく諦めたのか通りの外に出て行った。

雛菊の敵方は松雪の言っていたように絵師の修業をしている男らしい。絵草紙屋の店先を賑わせる一流の絵師ならば金は唸るほど入ってもこよう。

しかし、修業中の身ならば小遣いもままならない。雛菊は男の才を信じて九郎助稲荷に願を掛けていたものだろうか。事情を知らないおとせにも、この恋路が難しいものであることが察せられた。男の才が花開く時までは時間も掛かろう。それまで雛菊は辛抱できるのだろうか。いや、よしんば男が期待通りに才を開花させ、江戸で指折りの絵師となった暁には、女などよりどりみどり。吉原の遊女のことを後生大事に憶え続けているとは考え難い。おとせは若い雛菊の前途を思うと胸がえぐられるような思いだった。

花月で眠られぬ夜を過ごしたおとせだったが、翌朝は存外に早く眼が覚めた。後朝《きぬぎぬ》の別れを終えた客が花月の若い者につき添われて戻って来ると、朝から湯豆腐などを肴《さかな》に一本つけ、昨夜の首尾を声高に喋る声が喧《やかま》しかったせいもある。凧助はそんな客に冗談混じりの相槌を打っていた。おとせは身仕度を調えると花月の台所を手伝った。顔見知りとなった女中のお玉は、おとせにひそめた声で囁いた。お玉はおとせより少し年上の女中である。

「おとせさん、聞いたかえ？」

「何んですか、お玉さん」

「甲子屋の雛菊さん、ほら、昨日甘露の手伝いに来ていた妓」

「え、ええ……」

「あの妓の間夫がね、揚げ代もないくせに松田屋に素揚《すあ》がりしてさ、行灯部屋に押し込まれているそうだよ。さっき来た客が言っていた」

「まあ……」

おとせは呆れた声になった。松田屋は同じ揚屋町にある見世である。大見世ではないので引手茶屋を通さなくても揚がることはできる。昨夜の雛菊と男のやり取りが思い出された。男は帰りかねて他の見世に揚がったのだろう。それだけでも仁義に外れている。遊女と馴染みになった客は他の見世の妓を買ってはならないという約束事が吉原にはあるのだ。

「それでね、甲子屋の雛菊に言えば工面してくれると言ったそうだよ。全くいけ図々しいじゃないか」

「それで雛菊さんは揚げ代を工面するんですか？」

「さあてね、幾ら惚れていても、そこまでするかどうか……」

お玉は洗い物をしながら溜め息混じりに呟いた。おとせはお玉が洗った茶碗や皿を布巾で拭いて傍らの戸棚に戻すと「雛菊さんの敵方はお絵師の修業をしていると聞きましたけど」と続けた。

「ああ遊んでばかりいたんじゃ、どうなるもんだか……絵草紙問屋の番頭さんの話じゃ、今に師匠から破門されるようなことも言っていたから」

お玉は暗にその男の将来に期待の持てない口ぶりだった。

朝の客があらかた引けると花月はまた、甘露梅の仕込みに掛かった。前日と同じように女達が集まると、凧助は「本日も何卒一つ、よろしくお頼み申します」

と律儀に礼を述べた。しかし、昨夜は客に呼ばれてお座敷を勤め、つき合いで酒もかなり飲んだ爪助は、ほんのちょっと横になったつもりが、我慢できずに鼾《いびき》を掻き出した。女達はそんな爪助に時々、含み笑いを洩らした。

お浜に、内所でお休みよ、と言われても生返事をするばかりで一向に言うことを聞かない。

客もいないことだし、そのままにして置いたらと女達が勧めるので、お浜は諦めて爪助の身体にどてらを被《かぶ》せた。爪助が寝返りを打った拍子に、そのどてらは身体の半分ほど、ずり下がった。

おとせは、しどけなく眠っている爪助の懐から唐織《からおり》の紙入れが覗いていることに気がついた。昨夜は祝儀を弾まれたのか、ぷっくり膨れている。おとせは紙入れを引っ込めてやりたいと思ったが、後で何か起きた時に、おとせさんがご亭さんの懐に手を伸ばしていた、などと言われては困る。時々、爪助の懐に注意を払っていた。

「小万さん、わっちは楽しみにしておりいした。どうぞ、小万さんの話を聞かせておくんなんし」

雛菊は少し青白い顔をしていたが小万に話を急《せ》かした。

「あらあら、忘れていただけるかと思ったら、しっかり憶えていたんですね。雛菊さんは存外に金棒引きだ」

小万は笑ったが、雛菊の顔を見ると笑顔を消し、「よそに喋っちゃいけませんよ」と釘を刺した。

小万は決心したようにぽつぽつと語り出した。小万の一世一代の恋の相手は弟子入りしていた三味線の師匠だった。ふた回りも年上で、もちろん妻子がいた。きっかけは、まだ世間のことも男女のこともろくに知らない小万に、下世話に言えば師匠が手を付けたということになる。師匠の言うことに小万は逆らうことができなかった。

しかし、男と女の関係になってからは小万の方の熱が高くなったという。外での逢瀬が一年ほど続く内、二人の仲は師匠の妻に知られるところとなった。

「小万さんは悪くありいせんよ。悪いのはお師匠さんだ」

松雪が声を荒らげた。

「それはそうですけど、男と女の仲になると不思議なもので、あたしはお師匠さんなしには夜も日も明けなくなっちまったんですよ」

小万は梅を紫蘇で包みながら低い声で言った。

「それは惚れたということざますか」

雛菊が訊いた。

「あい、そういうこと」

小万はその時だけ、はっきりと応えた。

「お師匠さんのお内儀さんに詰め寄られ、あたしはお師匠さんと、きっぱり切れると約束させられたんですよ。それからあたしはお師匠さんの所から別のお師匠さんの所に移ったんです。でも、その時にはお腹の中に小梅がいたんですよ」

「それで小万さんは、お師匠さんを忘れられずに赤子を産もうと？」

雛菊が試すように訊く。

「いえね、実際はそうじゃないの。あたし、ぼんやりだから、月のものがないことに、しばらく気がつかなかったんですよ。海老屋のお内儀さんに言われて、もしやと思ったら、案の定そうだった」

「それでも子を堕《おろ》すことは考えなかったんですね」

おとせは小万に言った。

「もう、その時は産み月が迫っていて、どうすることもできなかったんですよ」

小万は情けない顔で応えた。

「お師匠さんにそのことを知らせたんですか」

おとせは畳み掛けて訊いた。

「いいえ、言ってませんよ。あたしはお師匠さんのお内儀さんに約束した後だもの。子ができたから何んとかしてくれと言うのも気が引けて……」

「お人のよい……それじゃ貧乏籤《くじ》でござんすよ」

松雪がぷりぷりして言った。雛菊は顔を俯《うつむ》けて小万の話を聞いていたが、視線が時々、爪助の懐に注がれるのをおとせは感じていた。

雛菊はまさか、あらぬ考えに捉えられているのではないかと心配になった。

「あたしは海老屋のお内儀さんにすっかりお世話になっちまいましたよ。でもお師匠さんのことは恨んじゃいない。小梅に三味の腕をくれた人だもの。ねえ、あの子は今にいい三味線弾きになりますよ」

そう言った小万の顔は晴れ晴れとしていた。

「そりゃあ、小万さんとお師匠さんの娘さんなら三味の腕は間違いないでしょうよ」

おとせも張り切ってそう言った。いつか海老屋の福助と小梅の三味線を聞いたことを、ぼんやり思い出していた。福助は少し頭が遅い若者だが、耳だけはしっかりしていて、小梅の腕が上がったと感想を言っていた。

「色ごとは、男も女も五分五分だとは思うのだけど、後になって考えると女はやっぱり分《ぶ》が悪い。頭を冷やしてようく考えなければね。雛菊さん、あたしの話が少しはお役に立ったかしらね？」

「あい、小万さん。わっちはようく肝《きも》に銘じました。辛いお話をありがとう存じます」

雛菊は律儀に頭を下げた。

「生き地獄はあたし一人でたくさん。あんたはその気になれば幾らでも倖せの道がありますよ。わざわざ苦労を背負い込むことはないんですよ」

小万は雛菊を諭すように言った。

甘露梅は慣れたせいで、前日より女達の手際はよかった。雛菊は小万の話が終わると、ほとんど黙ったままで手を動かしていた。

女達の仕事のはかどり具合から考えると、夕方までには仕込みも終わりそうだと、お浜が梅を運びながら嬉しそうに言った。

お浜は台所から運ぶ梅がなくなると雛菊の傍に座って自分も梅を割る作業を始めた。

小半刻も過ぎた頃、甲子屋の若い者がひどく慌てて雛菊を呼びに来た。若い者は渋面を拵え「お内儀さんが呼んでおりやす。すぐに戻って下せェ」と言った。松田屋にいる男のことだろうか。雛菊が男のために揚げ代を工面しなければならないのだろうかと考えると、おとせは胸の辺りが重苦しくなった。

「雛菊さん、さっきの小万さんの話を忘れないようにね」

おとせはお節介を承知で言わずにはいられない。

「あい。ようくわかっておりいす。おとせさん、ご心配を掛けて申し訳ありいせん……お内儀さん、それじゃ、わっちはこれで……」

雛菊はお浜にぺこりと頭を下げ、女達にも同様に頭を下げると花月を出て行った。後に残された女達は雛菊の姿が見えなくなると一斉に溜め息をついた。

「あんなことを言ったところで、結局、雛菊さんは、あの男のいいなりになるざます」

松雪は怒気を含ませた声で言った。

「全くねえ、困ったものだ」

お浜は前挿《まえざ》しの簪を引き抜くと元結《もっと》いの辺りを癇性にがりがりと引っ掻いた。

おとせは何も知らずに眠っている佩助をちらりと見てから、また手許に視線を落とした。しかしふと妙な気分になって、もう一度佩助の方を見て、ぎょっとなった。お浜の後ろに寝ている佩助の懐から、紙入れがなくなっていたのだ。

おとせは胸の動悸を押さえるために空咳をして紫蘇を手に取ったが、心なしかその手が震えた。

騒いではいけないと思った。今、自分が騒げば雛菊に罰が下る。そんなことはさせたくない。後で訊かれても知らぬ存ぜぬで通そうと思った。腋の下を冷たい汗が流れた。そんなおとせを小万は怪訝な顔で見ていた。

四

甘露梅の仕込みが済むと、おとせは小万と一緒に海老屋に戻った。佩助の眼が覚める前に戻ることができたのが幸いだった。もしも、眼が覚めた佩助が紙入れがないことに気づいたら、おとせは平静な顔でいられなかったと思う。その後、佩助はどうしたろう、雛菊はどうなっただろうと、ずい分、気にはなったが、おとせは、たまった仕事をこなすことに集中して、余計なことは努めて考えないようにしていた。

その夜、見世清掻《すががき》を掻き鳴らす小万の指先は紫蘇の色が滲みて爪紅《つまべに》を差したように色っぽかった。
二、三日、何事もなく過ぎた。爪助の紙入れがなくなったことは聞かなかったし、雛菊が男の揚げ代を肩代わりしたのかどうかもわからなかった。おとせは敢《あ》えて知りたいとは思わなかった。余計な悩みの種になる。知らないに越したことはなかった。
おとせは針仕事にひと区切りつくと、ご無沙汰していた九郎助稲荷に出かけた。甘露梅の手伝いやら、たまった仕事やらで何日もお参りしていなかったのだ。そこで雛菊と出会ったら、さり気なく様子を聞くこともできると思った。

しかし、九郎助稲荷に雛菊の姿を見つけることはできなかった。おとせは半ば気落ちしたが、いつものようにお堂に掌を合わせた。

狭い路地を歩いていた時、おとせはいきなり横から腕を引っ張られた。短い悲鳴を上げると、ごつい掌で口を塞《ふさ》がれた。

「しッ、静かに」

塩辛声が低くおとせを制した。首をねじ曲げて顔を見ると頬被りをした爪助だった。

「今、そこの芋酒屋《いもざかや》に雛菊が入って行ったんだ。男と一緒らしい」

爪助は早口で続けた。芋酒屋とは里芋の煮っころがしのような簡単な肴で酒を飲ませる店である。爪助が指差した所に縄暖簾の店があった。

「どういうことですか、ご亭さん」

おとせは胸の動悸が治まらず、荒い息をしながらも囁くように訊いた。

「雛菊は男のことで甲子屋からきつい折檻を受けたらしい。了簡を入れ換えるどころか、自棄になっているようだと、松雪があちきに教えてくれたんだ。男は性懲りもなく通って来る。あの子の気持ちは今、普通でねェのさ」

「普通でなかったらどうだと言うんです？」

おとせは爪助に寄り添ったまま訊いた。刻み煙草と鬢付《びんつけ》の混じった匂いがした。それは懐かしい亭主の匂いに似ていた。

「黙って見ていねェ。雛菊は大門の外に出て行く算段をしているかも知れねェ」

「でも、大門の前には四郎兵衛会所があるから引き留められるじゃないですか」

「駆け落ち者の大半は大門から堂々と出て行ってるんだ。宵の客に紛れると、これが結構気づかれねェ場合が多いのよ」

「そんな、ご亭さん。あたしも小万さんも雛菊さんには、くどいほど意見したんですよ」

「その時は殊勝だったが、後がいけねェや。何しろ野郎が承知しねェ。お前ェだけだと甘い言葉を繰り返しゃ、いっそ地獄の道行きとばかり、その気にならねェとも限らねェ」

「あたし、止めます。止めてみせます」

おとせは意気込んで凧助に言った。

「その後は？」

凧助は試すように訊く。

「その後は甲子屋に戻って貰いますよ」

「世をはかなんで自害したら何んとする」

「そんなご亭さん……」

「おとせさん、あちきは別のことを考えているんだよ」

「何か策があるんですか？」

「策と来たか……岡っ引きの女房だね」

「こんな時、からかわないで下さいな」

おとせはきつい眼で爪助を睨んだ。爪助は金壺眼《かなつぼまなこ》を細めた。

「あちきは二人を逃がしてやろうと思っているんだよ」

「……」

おとせは一瞬言葉を失った。まじまじと爪助の顔を見つめた。そういうことを言い出す爪助が解せなかった。

「もしも会所の前で悶着《もんちゃく》が起きた時だけ、うまく取り計らってやるつもりなんだよ」

「甲子屋さんはどうするんです？　黙っていませんよ」

「その時はあちきが雛菊の借金をきれいにしてやるつもりだが……」

引手茶屋の主が、こうまで人がよくてどうするのだろうと思った。お浜が承知しないだろうとも思った。おとせは爪助の言い分に反対するつもりで口を開き掛けた時、爪助の腕がぐっとおとせの肩を引き寄せた。

「な、何するんですか」

「しッ、雛菊が出て来た。おとせさん、ちょんの間、じっとしていておくんなさい」

さながら、おとせと爪助は、傍からは人目を忍ぶ仲の二人に見えることだろう。爪助の胸に顔を埋めているおとせには下駄の音しか聞こえない。しかし、爪助の様子から、それは紛れもなく雛菊と敵方の男であることが察せられた。

下駄の音が遠くなると爪助は腕を離し「案の定だ、おとせさん。雛菊は町家の娘のような形《なり》をしている。ささ、そっと後からついて行くよ。一緒に来ておくれよ」と言った。

おとせは少し上気した顔で肯いた。おとせよりかなり年上だが爪助も男の端くれである。

芝居をしたつもりでも爪助の胸に顔を埋めたのは久しく忘れていた仕種だった。おとせは年甲斐もなく恥ずかしかった。

仲ノ町の通りに出ると、雛菊は先になって歩き、男はその二、三歩後からゆっくりとついて行く。仲ノ町の中央を歩く二人に、不審の眼を向ける者は誰もいなかった。おとせには、その大胆さが怖くもあった。自然に足が震えた。

「おとせさん、しっかりしてくれ」

「ご亭さんこそ……」

爪助も震えていた。

とうとう雛菊は江戸町の待合《まちあい》の辻《つじ》まで来てしまった。四郎兵衛会所はすぐ目の前である。

おとせは吼助の腕に強くしがみついた。

吼助もおとせのしがみついた手に自分の手をのせて、これも強く力を込めた。もういけない、もうどうすることもできない。雛菊は今しも大門の外に出ようとしている。吼助とおとせは立ち止まり、若い二人をじっと見送る形になっていた。

しかし、大門に足を踏み出そうとした刹那、雛菊は、つと後ろを振り返った。多分、長い間暮らした揚屋町の辺りに視線を向けたのだろう。出て行くと決心したものの、そこで暮らした時間には思いがいく。首を戻し掛けて、雛菊はぎょっとした表情で、後ろにいたおとせと吼助を見た。

吼助は何も言わなかった。黙って肯いただけである。行きな、そんなに行きたければ行きな、というように。

おとせも込み上げるものに喉を詰まらせながら雛菊を見ていた。雛菊の若さが、ただ切なかった。

男に背中を押された雛菊だったが、突然、きッと男の顔を凝視した。雛菊は男に何か言っている。その言葉はおとせの耳まで届かなかった。しかし、雛菊は唇を噛み締めるとまっすぐにおとせと凧助の傍にやって来た。

大門の前で男が呆然とこちらを見ている。色白の優男《やさおとこ》だ。くっきりした二皮《ふたかわ》眼《め》には遊蕩の色が濃く感じられた。

「ご亭さん、わっちはつかの間の夢を見せて貰いなんした。もう、迷いいせん」

雛菊がきっぱりとそう言った途端、凧助は敵方の男に向けて吠えた。

「もう、吉原《なか》にゃ来るんじゃねェ。来る時ァ、雛菊の身請けの金、耳を揃えてからにしろィ。その器量もねェのに、女ァ、たぶらかすたァ、太ェ了簡だ。今度ァ、ここで手前ェの面《つら》ァ見た時は、その大事な指をへし折るからそう思え！」

凧助から初めて聞いた啖呵《たんか》だった。周りにいた者は何事かとこちらを見ている。雛菊は、たまらず、おとせにしがみついて声を上げた。

おとせは雛菊の痩せた背中を撫でた。

雛菊はもう二度と男の方は振り向かなかった。四郎兵衛会所にいた若い者が出て来て男を睨みつけた。男は、それでもしばらく、こちらをじっと見ていたが、やがて、すぱっと着物の裾を捲《めく》ると勢いよく五十間道を駆けて行った。

「これでいいのね？」

おとせは雛菊に訊いた。雛菊は大きく肯いたが泣き声はやまなかった。つかの間の夢を見せて貰ったと雛菊は言った。大門の外に出ることが、とりあえずは雛菊の夢であったのだろう。そこに必ずしも倖せな暮らしが約束されていなかったとしても。

おとせは自分と凧助が雛菊の決心を翻《ひるがえ》させたのだと思った。それが結果的に雛菊のためによかったのかどうかは、その時のおとせにはわからなかった。

五

五月の仲ノ町は菖蒲を植えつける。その菖蒲の中に所々、誰そや行灯を置いている。

夜になって、その誰そや行灯に灯りが点くと濃紫の花が闇の中に浮かび上がり、得《え》も言われぬ風情があった。二階座敷の障子を開けて花を眺める客と遊女は影絵のように見える。

おとせは内所で海老屋のお内儀のお喋りにつき合ってから自分の部屋に戻ると

ころだった。仲ノ町ほどではないが、海老屋の庭にも幾らか菖蒲が咲いている。石灯籠を置いた傍にある池の鯉が水音を立てる音が耳についた。

二階座敷では、まだ三味線の音に合わせて、客が胴間声を張り上げ、遊女達のけたたましく笑う声が聞こえた。しかし、それも四つ（午後十時頃）を過ぎて、かなり賑わいが静まったようにも思える。大方の客はすでに床《とこ》に収まっていた。

おとせは、そのまま部屋に戻るつもりが、階段を花魁喜蝶の飼っている猫が手拭いのような細長い布を口にくわえて駆け上がったのを見た。

「これ、たま、たまや。お待ち」

慌てて後を追う。布はもしかして客の下帯だったら何んとしよう。帰りに大慌てである。

しかし、たまの足取りは早く、おとせが二階の廊下に出た時は、どこに行ったのか姿が見えなかった。喜蝶の座敷の前まで行ったが、部屋の中は、しんとして物音一つしない。声を掛けて邪魔だと悪態をつかれることを、おとせは恐れた。

溜め息をついて踵を返すと二階の廁《かわや》から、ひょっこり凧助が出て来た。

「まあ、ご亭さん」

おとせは自然に笑顔になった。

「まだ起きていたのかい？　早くお休みよ。皺が増える」

爪助はいつもの冗談口を叩いた。

「憎らしい……今夜はうちの見世にお座敷が掛かったんですか」

「そうそう。久しぶりに百面相を披露して顔が凝《こ》っちまったよ」

百面相は爪助の十八番である。

「顔が凝るなんてご亭さんらしい言い種《ぐさ》ですね。まだ、お座敷にお客様がいらっしゃるんですか」

「いいや、あちきの贔屓はめでたくお床入りだ。あちきもこれで引けますよ」

「ご苦労様です」

おとせは爪助をねぎらって、ひょいと頭を下げた。

「おとせさんに優しい言葉をいただいたから、疲れがいっぺんに吹き飛んだァね。やれ、ありがたい」

爪助もすっかり夏物の恰好で、薄物仕立ての紋付が涼しげだ。二階の廁の隣りは出格子になっていて、そこには茶屋の看板提灯、酒樽、水差しなどとともに爪助の履物も置いてある。爪助は裏合せの草履を手に取って「この間はお世話になりました」と律儀に言った。

「そんな、お礼を言われるまでもありませんよ……あれから雛菊さんは？」

「すっかり落ち着いたよ」

「よかった」

おとせはしみじみとした口調になる。

「雛菊も泣ける場所が見つかったから戻る気になったんだ」

「泣ける場所？」

おとせは怪訝な眼を凧助に向けた。

「あい。おとせさんの薄っぺらな胸、それと……まあ、ついでにあちき」

凧助は悪戯っぽい眼になった。

「ご亭さん、薄っぺらは余計ですよ。でもあたし、本当は雛菊さんを行かせた方がよかったんじゃないかと後で思ったんですよ。たとえ、その先がどうなろうと自分が決めたことなら気も済んだでしょうに」

「なあに。雛菊は迷っていたのさ。迷って、内心ではきつく引き留めてくれる人を待っていたのさ。大門の前で思わず振り返っちまった。迷いがなけりゃ、あのまま行っちまったよ」

「そうでしょうか……」

おとせは割り切れない気持ちで視線を足許に落とした。爪助の白足袋に包まれた足が、やけに大きく見えた。

「それで雛菊さんから紙入れを返していただいたんですか」

おとせはふと思い出して訊いた。

「紙入れ？　誰の？」

「ご亭さんのですよ。そのう……あたし達が甘露の手伝いをした時、ご亭さん、眠っていらしたでしょう？　その時、紙入れがなくなったんじゃありませんか」

そう言ったおとせの顔を爪助はまじまじと見つめた。

「雛菊が盗ったと？」

爪助は真顔になって訊いた。

「ええ……だからあたし、これはいよいよ雛菊さんが何かよからぬことを考えていると思って……」

「そのこと、誰かに言ったかい？」

「いいえ。誰にも」

「そいつァ、よかった。雛菊じゃないよ。紙入れを掠《かす》め取ったのは、うちの嬶《かか》ァさ」

あ、とおとせは気づき、雛菊を疑った自分を心底恥じた。お浜も眠っている爪助の懐から紙入れが覗いていたのを気にしてそうしたらしい。

「ごめんなさい。あたしったら……ご亭さん、このことは誰にも言わないで下さいね。特に雛菊さんには」

「わかっているよ。媾ァの奴、あちきの紙入れがたんまり膨らんでいるんで、寝ているのを幸いと涼しい顔でさっと……あいつは女狐だね。後で空の紙入れを返しやがった。有難山《ありがたやま》のほととぎす、とか言いやがってよ」

「あたし、何んと言い訳していいか……」

おとせは頬に片手をあてて下を向いた。

「まあ、雛菊がよからぬことを考えていたのは本当のことだから、まんざら的外れとも言えないよ。あの時、あちきだけだったら雛菊は果たして戻ったかどうか……」

爪助は慰めてくれたが、おとせは自責の念が消えなかった。

「あ、そうそう。おとせさんにやる物があったんだ」

爪助は話題を換えるように言って懐から小さな箱を取り出した。

「何んですか？」

「甘露梅だよ。この間仕込みしたのじゃないよ。去年の物だ。ちょいと様子を見るために幾らか出してみたんだ。おとせさんは、まだ甘露の味見をしたことがなかっただろう？」

「え、ええ……でも、よろしいんですか」

「ふん、あちきからの、ほんの御祝儀」

「嬉しい……」

おとせがそう言うと凧助の眼が和んだ。

「笑われるかと思っていたが……」

「笑うもんですか。あたし、男の人から何か貰ったことなんてないんですよ」

「親分からも？」

「うちの人はそんなことをするもんですか」

「そいじゃ、あちきが最初？　それこそ嬉しいねえ。今度ァ、もっと気の利いた物を上げやしょう」

「あてにしないで待ってますよ」

おとせは見世の戸口まで凧助を見送った。

凧助は鼻唄をうたいながら揚屋町に戻って行った。

部屋に戻ると行灯は点いていたが、朋輩のお針はすでに眠っていた。おとせはその上掛けを直してやると着物を脱ぎ、寝間着に着替えた。床の中で爪助に貰った小箱の蓋を開けた。

甘露梅は薄紫のしっとりした蜜を含んで、その中に入っていた。おとせはそれを口に含んだ。梅と紫蘇の芳香が漂う。何んとも上品な味である。朝倉山椒がこんなに梅をまろやかにするのだろうか。齧《かじ》って飲み込むのが惜しくて、おとせはいつまでも口の中で飴玉のようにねぶっていた。

雛菊の一件で気を揉んだせいだろうか。おとせの頭痛はいつの間にか治まっていた。それはいいが、おとせはそれから爪助との仲を噂され、その言い訳に大層苦労することになった。一難去ってまた一難。町家の女房だったおとせにとって、吉原での身すぎ世すぎは、まだまだ難しいもののようである。

夏しぐれ

一

江戸町二丁目海老屋のお針を勤めるおとせにとって夏は難儀な季節である。もちろん、暑さがこたえるのはおとせばかりではない。しかし、遊女屋のお針は遊女達の着物を縫ったり、蒲団を拵《こしら》えるのが主な仕事である。

真夏の蒲団部屋は入るだけで地獄だった。

積み上げてある蒲団は火でも抱えているように、むうっと籠《こも》った熱気で鼻を塞《ふさ》ぐ。ろくに息もできない。黙っていても、こめかみから汗が伝った。お内儀のお里の指図で蒲団の皮を取り替える作業が始められたのは梅雨の明けた頃だった。

梅雨明けの江戸は嫌やというほどの暑さである。湿気を含んだ蒲団を干して古い皮を引き剝がし、新しい皮を被《かぶ》せる。綿埃が舞い上がり、おまけに汗も盛大にかく。蒲団は遊女達の物ばかりでなく、内所の分もこなさなければならないので大変だった。

皮の新しくなった蒲団は苦労した甲斐があって、すっきりと気持ちがいい。それに剝がした皮はお針の取り分になる。洗い張りした皮を古着屋に回して小遣い銭にするという余禄があった。

それがあるせいで他のお針はさほど愚痴もこぼさない。おとせは内心で、手間賃を払って蒲団の仕事だけでも他の者に替わって貰いたいとさえ思っていた。

蒲団の始末をつけて、ほっとひと息つく暇もなく、今度は八朔《はっさく》の衣裳の準備に掛からなければならない。

八月の一日。仲ノ町を道中する花魁は白無垢の衣裳を着る習慣があった。何んでも元禄の頃、江戸町にあった遊女屋の太夫高橋が病で床に臥せっていた時、馴染みの客が揚屋《あげや》入りしたとの知らせを受けた。出迎えに行くには仕度が間に合わず、仕方なく白無垢の寝間着のままで道中したのが大層な評判となったのだ。それが八月の一日のことだった。

揚屋は今の引手茶屋のような役割をする茶屋で、客は揚屋に太夫《たゆう》（最高級の遊女）を呼んだのである。しかし、莫大な金が掛かり、いつしか太夫も揚屋も姿を消した。

白無垢を着る八朔の習慣だけが吉原に残されている。この白無垢の衣裳も気を遣う仕事であった。汗のしずくでも落とそうものなら、すぐにシミになる。手の汚れも気になった。仕事の途中で何度も手や顔を洗ったりしなければならなかった。おとせは汗止めのために手拭いで鉢巻きをして、見世の者に「いっそ仇討ちのようで勇ましい」とからかわれた。

そんな忙しい折、喜蝶の愛猫たまが行方知れずになってしまった。見世の者が手分けして捜してもたまの姿はなかなか見つけられなかった。三日、四日と日が経《た》つ内に喜蝶は病人のように顔色が悪くなった。喜蝶は、たまを自分の子供のように可愛がっていたので無理もなかった。見世の始まるまで喜蝶は外に出て「たまや、これたまや。いたら返事をしておくんなんし」と細い声を上げているのが哀れであった。

海老屋のお内儀のお里は性懲りもなくたまを捜している喜蝶に苛立った様子で呟《つぶや》いた。反物が呉服屋から届き、おとせが内所に呼ばれた時のことである。

「全く……」

妓夫《ぎゆう》の筆吉はそんな喜蝶に構わず、いつものように見世前の掃除をしている様子で「花魁、たまがいたら、おれがすぐにお知らせ致しやすから」と、これも苛々した口調で言っている。筆吉は喜蝶と言い交わしている仲だが、それは見世には内緒のことである。おとせと薄絹だけが知っていることだった。おとせは筆吉がもう少し優しい言葉で慰めてやればいいのにと思っていた。

「あんなに可愛がっていたんですもの、いなくなったら気落ちもしますよ」

おとせは喜蝶の肩を持ってお里に言った。

「幾ら情けを掛けたって所詮は畜生さ。もっと居心地のいい所を見つけたんだろうよ」

お里は小意地の悪い言い方をした。

「こんなことがいつまでも続いたんじゃ商売に差し支えるよ。客に対してもうわの空でね」

お里はそう続けて急須を引き寄せた。

「お茶はどうだえ？」

「ありがとうございます。それじゃ、お言葉に甘えてご馳走になります」

おとせは反物を脇に置いて頭を下げた。

「たまは猫のくせに気位が高くて元の飼い主と瓜二つだよ。あたしになんざ、お愛想の一つもしないよ。高い魚を恵んでやったこともあるのにさ」

「元の飼い主って、それじゃ、たまは最初から喜蝶さんの猫じゃなかったんですか」

おとせは初耳だったので少し驚いた顔になった。

「あんたがここに来る三年ほど前に、うちに浮舟《うきぶね》という花魁がいたんだよ。たまは、その妓《こ》が飼っていたんだ。その頃、喜蝶は浮舟付きの振新《ふりしん》（振袖《ふりそで》新造）だったのさ」

「浮舟さんからたまを譲り受けたんですね」

「ああそうさ」

「浮舟さんは年季が明けてお見世から出て行ったんですか」

「………」

おとせの問い掛けにお里は少しの間黙った。

悪いことを聞いてしまったのだろうかとおとせは内心でどぎまぎしていた。お里はおとせの前に茶の入った湯呑を差し出した。おとせは頭を下げて湯呑を手に取ると、口をすぼめて、ひと口啜った。極上の玉露である。吉原に来るまで、おとせは玉露など口にしたこともなかった。

「ああ、おいしい」

おとせが感歎の声を上げると、お里はふっと笑った。

「浮舟は切見世《きりみせ》に落とされたんだよ」

お里はしばらくしてからそう言った。おとせの笑顔が消えた。

「どうしてまた……」

「客と駆け落ちしようとして見つかったのさ。おまけに気が触《ふ》れたようになっちまって、あたしにまで手を挙げたものだから、うちの人が怒って見せしめのために切見世に売ったんだよ」

「……」

廓《くるわ》には廓の掟《おきて》がある。掟に背いた者にはむごい現実が待ち構えていた。お歯黒溝《ぐろどぶ》に沿って並んでいる切見世は河岸見世とも言い、最下級の遊女屋であった。浮舟はその中の一つにいるのだろう。

「浮舟の男は当時、売れない戯作者《げさくしゃ》だったが、今はちょいと売れっ子になっているらしい。うちにはさすがに揚がらないが、他の見世じゃ取り巻きを引き連れて豪気に遊んで行くそうだ」

「それなら浮舟さんのことも何んとかして下さればいいのに」

「おとせさん、相変わらずお人好しだこと。今をときめく売れっ子の戯作者が切見世の薄汚い妓に今更情けを掛けるものか」

「……」

「浮舟はもうお仕舞いさ」

お仕舞いという言葉がおとせの胸に、ぐさりと突き刺さった。

「きっと喜蝶さんは浮舟さんの分までたまを可愛がっていたんですよ」

おとせはそう言って湯呑を置いた。

「それじゃ、あたしはこれで……」

「あい。仕事の方は大丈夫だね？　間に合わなきゃ困るからね」

お里は念を押した。薄物仕立ての夏の着物はお里によく似合う。むごい話をしたというのに、お里の表情には微塵も変化はない。おとせがお里に違和感を覚えるのはそんな時だった。反対におとせは気が滅入って仕方がなかった。

内所を出ると筆吉が板の間に雑巾を掛けていた。客の眼に触れる場所は下働きの女に任せず進んで掃除をするのが筆吉の性分だった。

掃除の手際は海老屋で一番でもある。

「筆吉さん」

おとせは反物を抱えたまま着物の裾を尻絡《しりから》げしている筆吉の背中に声を掛けた。

「へい？」

振り向いた筆吉はいつもの冷たく見える表情でおとせに応えた。

「たまはまだ見つかっていないの？」

「……」

筆吉は雑巾の汚れた部分を中に折り畳んで板の間に置くと少し大きな吐息をついた。

「後生だから、あんたも喜蝶さんと一緒に捜してやって下さいな。もちろん、あたしも表に出た時はあちこち気をつけるようにしますから」

おとせは哀願するように続けた。

「おとせさん、何んでおれが猫捜しをしなきゃならないんで？」

筆吉は斜に構えた言い方をした。

「だって喜蝶さんがあんなに困っているじゃないの」

「だから、それがおれと何んの拘《かか》わりがあるのか聞いているんですぜ」

おとせはむっと腹が立った。筆吉の半纏の袖を引いて階段の陰に促し「そんな言い方ってある？　あたしはあんた達のことを何も知らずに勝手なことを言っている訳じゃないのよ」と小声で言った。筆吉は少し驚いたように眉を動かした。

「あたし、同情してるの。いつか二人が倖せになればいいと心から思っているのよ。今は辛いだろうけど……辛いのは喜蝶さんも一緒よ。だから、せめて優しい言葉の一つぐらい掛けてやってよ」

「誰から聞いたんで？　あいつですかい？」

「いいえ。薄絹さんよ。お見世に知れたら大変だからと口止めされたわ。もちろん、あたしは誰にも言いやしない。それは安心して」

筆吉は俯《うつむ》いて固唾《かたず》を飲んだ。

「おとせさん、おれとあいつの間には何もありやせん。妙な口利《くちき》きはなさらねェで下せェ」

筆吉はそう言っておとせの傍《そば》から離れた。

それから奥歯を噛み締めたような顔で雑巾掛けを続けた。おとせはその様子をしばらく見つめていたが自分の部屋に踵を返した。何もないなら、あいつ呼ばわりもしないだろうに、と内心で思っていた。

二

おとせは引手茶屋の花月を訪れ、主の凧助に子猫をどこからか貰えないだろうかと頼んだ。

「へえ、おとせさんまで猫ですかい」

爪助はそんなことを言った。

「おとせさんまでって、他に頼んで来た人がいるんですか」

「まあね」

爪助は悪戯っぽい顔で笑った。

「筆の字さ」

「あら……」

「あらって、おとせさんはご存じでしたか」

「い、いいえ……」

「猫がいなくなって花魁が意気消沈してるから、ちょいとよさそうな猫を見繕ってくれってさ。あちきは言ってやったね、うちは引手茶屋で猫の口入れ屋じゃねエってね」

「ご亭《て》さん、意地悪」

おとせはきゅっと爪助を睨んだ。爪助は目尻に盛大な皺《しわ》を拵えて笑った。

「いいねえ、その顔。おとせさんもなかなか色っぽいよ」

「からかわないで下さいな」

「あの白い猫は猫にしちゃ美形でしたよ。さてさて同じようなのが見つかるかどうか……」

爪助は思案するように尖《とが》った顎を撫でた。

「たまが戻って来れば、こんな心配はしなくていいんですけど……」

「あの猫は羅生門《らしょうもん》河岸にいるそうですよ」

爪助はあっさりと言った。

「それじゃ、浮舟さんの所に？」

「何んだ、そこまで知っているのか」

爪助は少し気の抜けた表情で応えた。

「筆吉さんは、それを知っていたんですか」

爪助は、そうだともそうでないとも言わず「七夕の頃にね、浮舟が弁天屋で酔っぱらって大騒ぎしたこと、おとせさんは知っていましたかい」と訊いた。弁天屋は京町にある大籬《おおまがき》の遊女屋である。

「いいえ」

「その時、浮舟の昔の敵方《あいかた》が弁天屋に揚がっていたんだよ。あちきはその時、ちょうど弁天屋の近くの藤倉屋に呼ばれていてね、あまりの騒ぎに何事かと野次馬になって見物したんだよ」

「戯作をしているお人ですね」

「そうそう」

「浮舟さん、よほど悔しかったんでしょうね」

「そりゃそうだよ。手前ェはその男のために河岸に落とされたというのに、男の方は運が向いて今じゃ先生、先生だ。これが悔しくない訳がねェ」

爪助は僅かに浮舟に同情するような口ぶりで言った。

「だが、今の浮舟じゃ、百年の恋もいっぺんに醒めるというものだ。河岸女郎だから仕方もないが、着物も帯も垢じみて、おまけにろくに頭も結わねェもんだから物貰いにも見えようというもんだ。そんな者に悪態をつかれて、敵方は大いに男を下げちまったよ」

「いい気味」

「まあ、あちきも内心じゃ、いい気味と思ったがね。おとせさんとあちきは気持ちが通じること……きっと前世じゃ恋仲か夫婦だったんじゃないかね」

「もう、ご亭さんは冗談ばかり。それでお話の続きはどうなりました？」

爪助はすぐに話が横道に逸《そ》れる。真面目なのか不真面目なのか、爪助という男がおとせには、どうもよくわからない。

「そうそう。その時にね、浮舟は弁天屋の若い者にさんざん小突かれて表に放り出されたんだが、たまがどこからかやって来て、浮舟を慰めるように、ほっぺたを舐《な》めたんだよ」

「まあ……」

「忘れていなかったんだろうね、あの猫は。浮舟はたまを抱いて泣きながら戻って行ったよ。筆の字もそれを見ていたよ」

「………」

たまを抱いて帰って行く浮舟の姿がおとせの脳裏を掠《かす》めた。そんな浮舟からたまを取り返すことなど誰もできない。おとせには筆吉の気持ちが滲《し》みていた。口では冷たいことを言うくせに、ちゃんと事情を知っていて次の行動を起こしている。遊女屋の妓夫にして置くのはもったいないとさえ思った。

「ただね、喜蝶が承知するかどうかなんだよね、問題は」

凧助はそれが肝心とばかりおとせの顔をじっと見た。おとせは吐息をついた。

「その溜め息も悩ましいこと。こいつはたまらねェ」

「もう、ご亭さん。あたしは真面目に考えているんですよ」

「おとせさん、うちの人に真面目な話なんて通用しませんよ」

爪助の女房のお浜が暖簾を引き上げて顔を出し、口を挟《はさ》んだ。見世先で立ち話をするおとせと爪助に業を煮やしたというふうだった。

「申し訳ありません、お内儀さん。それじゃ、ご亭さん、猫のことはよろしくお頼み申しますよ」

「合点、承知之介《しようちのすけ》」

爪助はおどけて言った。おとせが花月から外に出ると、お浜が爪助に嫌味を言っている声が聞こえた。爪助に親し気な態度をしてはお浜が余計な勘繰りをする。お浜はこの頃、おとせを無視するような態度を取るようになった。

しかし、何か困った時には爪助の顔が自然に浮かんだ。おとせにとって、吉原で頼りにできる人間と言えば爪助の他にはいなかった。それは男女の色恋の感情とは、ほど遠いものなのだが、周りの人間はそう見ないらしい。

おとせはそれが少し煩《わずら》わしいと思う。

喜蝶は、たまのことで客の応対もおざなりになった。頭が痛いの、癪《しやく》が起きたのと客を振り、とうとう海老屋の主に蒲団部屋に押し込められてしまった。

おとせは気が気ではなかった。凧助はどこからか黒い子猫を見つけて来て喜蝶の所に届けてくれたが、喜蝶は、たまでなければ嫌やだと泣いた。

喜蝶が蒲団部屋に押し込められたと知ると、おとせは唇を嚙み締めて海老屋を出た。浮舟の所に行くつもりだった。ぼんやりとした曇り空が頭上を覆っている午前中のことである。

筆吉は見世の外に出してある床几《しょうぎ》に座って仲間の妓夫と賽《さい》ころで遊んでいたが、外に出たおとせに怪訝な眼を向けた。

「おとせさん、お出かけですかい?」

筆吉は声を掛けたけれど、おとせは返事をしなかった。黙ったまま河岸に足を向けた。

筆吉は何かを感じた様子で後を追って来た。

「おとせさん、どこへ行くんです?」

「放っといて。あんたには拘わりのないことだから」

いつもの筆吉のお株を取ったようにおとせは応えた。

「河岸に行くんですかい?　よしなせェ。あすこはおとせさんが行くような所じゃねェ」

おとせは足を止めて筆吉を振り返った。いろは崩しの浴衣の袖を肩まで引き上げている。

渋紙色に陽灼けした顔に、こちらの心を見透かすような眼が光った。

「だって、このままじゃ埒《らち》は明かない。喜蝶さんは塞いだままだ。あたしは浮舟さんからたまを返して貰いに行くんですよ」

「よしなせェ」

筆吉はおとせの手首を摑んだ。存外に強い力だった。振りほどこうとしたが筆吉はそうさせなかった。

「喜蝶が折檻されたところで、見世内のことで大したことにはならねェ。今の浮舟からたまを取り上げたんじゃ可哀想ですよ」

「あんたは喜蝶さんより浮舟さんのことが大事なの？」

そう訊いたおとせに筆吉は苦笑して、摑んでいた手首を邪険に離した。

「いい年をして訳のわからないことを言う。まるで小娘みてェですぜ」

「大きなお世話よ」

「どうでも浮舟の所に行くつもりですかい？」

「ええ。あたし、こうと決めたら梃子《てこ》でも動かない女なのよ」

「怖《こえ》ェ……」

筆吉は茶化すように笑った。

「仕方がねェ、おれも一緒に行きやしょう。ただし、何があっても眼を逸らしちゃいけやせんぜ。あすこは世の中の掃《は》き溜《だ》めみてェな所です。ですが、掃き溜めに暮らす女も、そこに通う男もいるんですよ。これも世の中でさァ」

「まさか筆吉さんはそんな所には行かないでしょう？」

おとせは上目遣いになって訊いた。

「行きやすよ、たまにね。おれだって男の端くれですからね」

筆吉は皮肉な笑みを洩らした。

「ここにいると、頭の中がこんがらがって来る時があるわ」

おとせは前を向いて歩き出しながらそう言った。

「何がまともか、何がまともじゃねェかわからねェという訳ですね？」

「そうよ。男と女のひめごとまでがお金絡みなんですもの……あたしのような物分かりの悪い女が勤まる所じゃないのよね」

おとせは低い声で言った。

「おれは、おとせさんがうちの見世に来て、少しほっとしましたけどね」

「どういう意味？」

「当たり前に物を考える人もいたんだと思って……」

筆吉は照れたように足許の小石を蹴飛ばした。

「おれは、おとせさんの顔を見ると何んだか安心するんですよ。おとせさんなら何んでも話せるような気がする」

「何んでも話して。力にはなれないけど気持ちは楽になると思うわ」

おとせは嬉しくなって筆吉に張り切った声を上げた。

「だけど、あんまり人がいいんで呆れることがありやすよ。いいですかい、ここは気を許したら足許を掬《すく》われることがありやす。そこんところ、気をつけておくんなさい」

筆吉はおとせを諭すように言った。おとせは素直にこくりと肯いていた。

三

お歯黒溝の東西の河岸には切見世が軒《のき》を連ねる。

切見世は局《つぼね》見世とも言って、ひと切り（約十分）五十文、百文で遊ばせる遊女達がいる。

大抵、ひと切りの時間では間に合わず、客はその二倍か三倍の揚げ代を払うことになる。

羅生門河岸は東河岸にあり、質《たち》の悪い切見世が並んでいる。客の腕を引っ張って腕を抜くと言われていた。客がそこに紛れ込んで揚げ代でも払えないものなら妓夫に袋叩きにされた。

河岸で働く遊女達は小見世から落ちた者が多く、中には浮舟のように大見世から落ちる者もいた。鳳凰の末、切見世へ舞い下り、という落首は浮舟のような妓をたとえているのだろう。鳳凰はもちろん、花魁を指していた。

間口四尺の門口を潜《くぐ》ると、長屋のような建物が並んでいた。しゃがんでいた男達が胡散臭い眼でおとせと筆吉を見た。筆吉は如才なく言葉を掛けて浮舟の局に進んで行った。

恐ろしく狭い。局は二尺ほどの戸があって、開いている所は客がおらず、閉めている所は商売の最中である。午前中の切見世は、さすがに戸が閉まっているのは少ない。土間口は板張りであった。ちらりと覗いた部屋の中は畳んだ蒲団の上に箱枕がのせてあり、鏡台らしいものもある。女達は煙草盆を引き寄せて退屈そうに煙管の煙をくゆらしていた。通り過ぎるおとせと筆吉に表情のない視線を投げる。

客ではないと知ると、まるで関心がないというふうだ。

「あ、たま」

低い軒の上にたまが蹲《うずくま》っていた。その下の戸は閉じている。中から忙《せわ》しない息遣いが聞こえた。

「たま、おいで」

おとせは腕を伸ばした。たまは金色に光る眼でじっとおとせを見た。足を伸ばして起き上がったので、こちらに来るかと思ったが、たまはうるさそうに隣りの屋根に場所を移動し、また蹲った。

「もう、あたしの顔を忘れているわ」

おとせはがっかりして筆吉に言った。筆吉は何も応えず黙ったままだった。

「ここで待っているのは変なものね。浮舟さんの邪魔になる」

低い声で言ったつもりだったが中には聞こえた様子で「誰え？」と声がした。

おとせは筆吉と顔を見合わせた。

「海老屋の者です。喜蝶さんのことでちょいと話があって参じやした」

　筆吉は、また如才なく応えた。返答はなかったが、衣ずれの音がして、やがて髪を櫛巻《くしま》きにした三十絡みの女が顔を出した。青黒い顔は、かつての海老屋の花魁とは思えない。しかし、姿は細身だった。おとせは小腰を屈《かが》めた。

「お邪魔致します。あたしは海老屋でお針をしているおとせというものです。喜蝶さんには何かとお世話になっております。たまが行方知れずになったので、喜蝶さんが大層寂しがっておりまして、こうして捜しに参りました」

　おとせがそう言うと浮舟は屋根の上のたまを見上げた。

「たま、お迎えが来《き》んしたよ。ぬしは帰りなんすか？」

　浮舟はたまへ人に呼び掛けるように言った。

　中から身仕度を調えた客が鼻白んだ顔で出て来た。

「きっとざますよ、忘れんすなよ」

　浮舟は客の背に覆い被せた。客は返事もせずに門口の外に出て行った。商家の手代ふうの男である。商いの途中で立ち寄ったのだろう。そんなふとどきな奉公人を置く店はどこだろうと、おとせは思った。

「たまは、わっちが所に来てから、一向戻る気配がありいせん。喜蝶が心配しているとは思いなんしたが、まさかわっちが届けてやる訳にもゆかず、筆さんが迎えに来たとあらば、いっそ安心ざます」

「たまはここが居心地がいいようで……」

筆吉は浮舟に愛想をするように言った。おとせは筆吉の肘《ひじ》をさり気なく突いた。

「ですが喜蝶さんは、たまがいなくなって夜も日も明けない様子なんです」

おとせは喜蝶の事情を説明した。

「どうでも連れて帰ると言うのなら、わっちは無理に引き留めはしないざます。後はたま次第……これ、たま、海老屋にお帰り。喜蝶が寂しいと泣いておっせェすよ」

たまは少しも関心のない様子でじっと動かない。

「おとせさん、これでわかりやしたでしょう？　たまは喜蝶の所よりもここがいいんですよ」

筆吉はそう言った。

「でも……」

「なあに、喜蝶のことはおれが言い聞かせますって」

筆吉は浮舟の手前、わざと何事もないふうを装って言った。

「わっちの所にたまがいると言えば、喜蝶は得心するざますか」

浮舟も心配そうに訊いた。悪ずれた河岸女郎の表情に僅かに真摯なものが見えた。河岸に来ても相変わらずありんす言葉で話すのは見世の主の方針なのか、それとも浮舟の矜持なのか、おとせにはわからない。

「喜蝶にそう言っても構わねェですかい」

筆吉は訊き返す。

「構わないざます」

浮舟は筆吉の視線を避けて低い声で応えた。

「わっちは気楽に暮らしていんすから心配するなとおっせェす」

浮舟の言葉におとせは大きく眼を見開いた。

海老屋で花魁をしていた頃は、気に入らぬ客を振ることもできたが、河岸ではそうもいかない。誰彼構わず腕を取り、局の中に引っ張り込むのが河岸女郎の手《て》管《くだ》である。そんな暮らしが気楽である訳がないと思う。

「へい、承知致しやした」

筆吉は浮舟に丁寧に頭を下げた。しかし、頭を上げると、少し躊躇した様子で口を開いた。

「花魁、余計なことですが弁天屋のような騒ぎはもうなさらねェで下せェ」

浮舟はそう言った筆吉に口の端を歪めるようにして、ふっと笑った。

「花魁のお気持ちはよっくわかりやす。ですが、先様は高い揚げ代を払って弁天屋に揚がっているんです。気分よく遊んでいるところに水を差されては客も見世も迷惑します。いえ、こいつは弁天屋ばかりじゃねェ。うちの見世で起きたとしても同じことです。おれは弁天屋の若い衆のように花魁に手を挙げることになりやしょう。そいつは覚悟しておくんなさい」

筆吉は言い難いことをずばりと言った。おとせは胸が冷えるような気持ちになった。

「筆吉さん、何もそこまで……」

おとせはさり気なく筆吉をいなした。

「筆さん、わっちがあの人に悋気して弁天屋で騒ぎを起こしたと思いなんすか」

浮舟はきゅっと眉を上げ、真顔で筆吉を見た。

「物分かりがいいと思っていんしたが存外に察しの悪い。あの人が海老屋に揚がりなんすなら文句はありいせん。わっちがあの人と大門の外に逃げようとしたのは、もとより覚悟の上のこと。それが首尾よく行かずに見つかり、ぶたれ、蹴られ、挙句の果てに河岸に落とされようと、わっちが身の詰まり。あの人だとて筆さんや他の若い者にさんざん小突かれて半殺しの目に遭ったのは覚えがありんしょう。わっちは、あの人の才を信じておりいした。今をときめく山中案山子《やまなかかかし》は、わっちのかつての間夫。誇りに思いこそすれ悋気の種にはなりいせん」

浮舟は滔々《とうとう》と語った。山中案山子は戯作者の表徳《ひょうとく》（雅号）であるのだろう。

「それじゃ、花魁はあの戯作者が海老屋に揚がるのなら文句はなかったとおっしゃるんですか」

おとせは驚いて訊いた。

「あい。海老屋に迷惑を掛けたと少しでも思いなんすなら、海老屋に揚がって銭を遣うのが筋《すじ》だと、わっちは思いんす。弁天屋では恩返しになりいせん。どうでも海老屋には顔向けできぬというなら、いっそ吉原《なか》で遊ぶのはやめて、日本橋でも深川でも行ったらいいざます。弁天屋で大きな顔をする了簡が気に入らぬ。わっちとの不始末は、吉原で知らぬ者はいない。口を拭って何事もなかった顔で客面《きゃくづら》していんすから、わっちは肝が焼けてわめいてやったざます」

浮舟は小意地の悪い表情で吐き捨てた。

「花魁……」

おとせは思わず浮舟の手を取った。感動していた。お里の言った気位の高さは失われていないと思った。

「何んだねえ、ぬしはわっちの客にはなれないものを」

浮舟は茶化すように笑った。おとせは帯に挟んでいた紙入れから小銭を摑み出し「これでたまに煮干しでも買ってやって下さいまし」と言った。

「お針に情けを掛けられるようじゃ、わっちも、いよいよ形無《かたな》しだねえ」

浮舟はそう言ったが小銭は受け取った。

「たまのこと、よろしくお願い致します」

おとせは深々と頭を下げた。筆吉と一緒に門口へ踵を返すのを浮舟は見送るでもなく見ていた。門口のところで振り返ると、たまは浮舟に抱かれていた。

通りに出ると小糠《こぬか》のような雨が降ってきた。

慌てて雨宿りをするほどでもない。しかし、歩いている内に着物はしっとりと湿ってきた。

「おれァ、まだまだ……」

筆吉は独り言のように呟いた。まだまだ若いと筆吉は言いたいのだろう。筆吉どころかおとせだってそう思う。

「あたし、山中案山子に一言、言ってやりたい」

おとせは強い口調で言った。

「何を言うんです？」

筆吉は上目遣いでおとせを見ている。

「浮舟さんのこと、何んとかしてってって」

「……」

「ねえ、駄目？　それはできない相談？」

黙っている筆吉におとせは縋《すが》るような眼で訊いた。

「河岸から身請けしてやれと言うつもりですかい」

「ええ……」

「今のあいつには身請けの金は屁でもねェ。だが、浮舟がうんと言いやせんよ」

「……」

「浮舟は性根を据えているんですよ。あの小汚ねェ切見世で生涯を終えても悔いはねェんでしょう。浮舟は昔とちっとも変わっておりやせん」

姿形ではなく、浮舟の心意気を筆吉は褒めていた。

「たまが浮舟を見守ってくれやすよ」

筆吉はおとせを諭すように言い添えた。夏のしぐれはおとせの身体も心も濡らす。おとせと筆吉はそれから言葉もなく海老屋へ向かって歩みを進めていた。

四

蒲団部屋の前で足が止まった。閉め切った蒲団部屋では、さぞや暑さがこたえるだろうと、おとせは見世の者の目を盗んで、そっと冷えた麦湯と葛餅《くずもち》を喜蝶に運ぶところであった。

深夜の海老屋は廊下に人の気配もない。客も遊女達も床入りした様子で、坪庭から青蛙の鳴き声が聞こえるだけである。明日は本格的な雨になるかも知れないとおとせは思っていた。

足音を忍ばせて蒲団部屋に来ると、中から細い泣き声が聞こえた。囁くような男の声がその泣き声に挟まれた。筆吉だと思うと、おとせは辺りに油断のならない目を配った。誰かに見つかってはおおごとである。

案の定、寝ずの番の若い者が一人通り掛かった。

「おとせさん、何をしているんです？」

「了助《りょうすけ》さん、見逃して。あたし、喜蝶さんに差し入れしたいの」

「………」

了助はどうしたらよいのか思案する顔でおとせを見ている。十八の若者である。

「この中はもの凄く暑いのよ。後生だから、飲み物ぐらい飲ませてやりたいじゃないの。すぐに戻るから」

了助は仕方なく肯いて向こうに行ってしまった。蒲団部屋は、もの音一つしない。喜蝶と筆吉が息をひそめているのだ。何、見つかりそうになった時は、筆吉も積み上げた蒲団の奥に身を隠す算段をしていただろうが。

「ここに置いていきますよ」

おとせは戸口の前に丸い盆を置いて、その場を離れた。しばらくすると戸が細目に開いて、男の腕がその盆を引き入れるのが見えた。おとせは長い吐息をついた。ほっとした。

筆吉は浮舟の事情を喜蝶に話していたのだろう。蒸し風呂のような蒲団部屋にいても恋する二人にとっては極楽の座敷。そうして忍んで耐えて結び合った絆《きずな》は強い。いつか、二人が晴れて夫婦になれた時、蒲団部屋のひと夜を思い出すかも知れない。そんな日が来ることをおとせは祈らずにいられない。

過ぎてしまえば苦労したことは皆、美しい思い出に変わる。おとせの脳裏に亡き亭主の顔が浮かんだ。あの人は思い出話もさせてくれなかったと、おとせは思う。亭主の勝蔵は四十二歳で逝ってしまったのだ。

喜蝶と筆吉の至福の刻《とき》が誰かに邪魔されないように、おとせはしばらく蒲団部屋をじっと見守っていた。夜になっても暑さは一向に衰えなかったが、おとせはなぜか涼しい気持ちでいた。風鈴の音を聞いたせいかも知れない。

翌日、喜蝶は蒲団部屋からようやく出された。全身にあせもをつくっていた。おとせは爪助から桃の葉を分けて貰うと喜蝶の部屋に届けた。桃の葉は湯舟に浮かべるとあせもに効く。あせもが治るまで喜蝶は客の相手ができないだろう。いい休養になるというものの、休んでいる間の揚げ代は喜蝶の借金に加算されることになるのだ。それでも喜蝶の表情は幾分、明るかった。

「おとせさん、麦湯と葛餅、おかたじけでありいす」

喜蝶は律儀に礼を言った。

「しっ、花魁。内緒のことですから、おおっぴらにお礼を言われては困りますよ」

おとせはそう言ったが、喜蝶は構わず「あねえにおいしい葛餅と麦湯は口にしたことはないざます」と続けた。筆吉と一緒だったからだろうとおとせは思った。

しかし、喜蝶の口から筆吉のふの字も出ない。心を開いているはずのおとせにも喜蝶の口は堅かった。それは筆吉も同じだった。

「たまのこと、諦めがつきましたか」

おとせは恐る恐る訊いた。喜蝶はこくりと肯いた。花魁の器量のある女はあせもまでが魅力の一つにもなるのだろうか。ぽつぽつと白い顔に赤い斑点が浮いているのさえ可愛らしい。

「おとせさん、八朔の道中までにあせもは引くと思いなんすか」

喜蝶は心配そうにおとせに訊いた。

「少しぐらいある方が夏の風情が残ってて、いいと思いますけどねえ」

おとせがそう言うと喜蝶は、さもおかしそうに喉を鳴らして笑った。

「全く、おとせさんはおもしろいことばかりおっせェす。あせもが夏の風情だなどと……そう言われりゃ、そねえに思えて来《き》んすから不思議ざます」

「早く見たいですねえ、花魁の白無垢姿」

おとせはしみじみとした口調で言った。

「わっちもあの衣裳は好きざます。花月のご亭さんは雪だるまと茶利《ちゃり》を言いなんすが」

「あの人らしい」

「ご亭さんは、おとせさんのいい人ざますか」

喜蝶は無邪気に訊く。

「とんでもない。こう見えてもあたし、男の人の品定めはうるさいんですよ。花月のご亭さんじゃ、あたしの女が下がるというものですよ」

「悪い人だねえ、言いつけしんすによ」

「ああ花魁、それだけは勘弁して下さいましな。ご亭さんとあたしのことが噂になっているらしくて、それを真《ま》に受けているのかどうか、花月のお内儀さんは、この頃、あたしに邪険なそぶりをするんですよ。だから、あたしも困って……」

「お浜さんは口先ばかりの人で実《じつ》がありいせん。わっちはご亭さんをないがしろにする了簡が気に入らぬ」

喜蝶は、その時だけきつい口調で吐き捨てた。

「ご亭さんは何んでも笑いにしてしまうからでしょうね。でも、あたし、ご亭さんが優しい人だってわかっているし、男らしい人だとも思っています。男はね、見掛けじゃないんですよ」

おとせがそう言うと喜蝶は今しも笑いそうな顔になった。

「何んですか、花魁。あたしに何か言いたいことがおありですか」

「ずい分、ご亭さんを持ち上げる……おとせさんはご亭さんに惚れておりいすよ。わっちはそう思いんす」

「……」

どきりとした。おとせは自分の気持ちがはっきりわからない。若い喜蝶にそう言われて年甲斐もなくうろたえた。

「あたし、ご亭さんと、人に後ろ指を差されるようなことはしておりませんよ」

「わかっておりいす。おとせさんはしっかりしたお人ですもの、女房持ちの男と深間にはなりいせん。でも、心まては止められいせん」

簾《すだれ》越しに見る外は眩しい陽射《ひざ》しが降り注いでいた。昨夜は雨になるかと思っていたが、お天気は持ち直したようだ。

「そうね、あたしは何かあると、すぐにご亭さんを頼りにしてしまう。それは花魁の言う通りなのかも知れませんね」

おとせは窓の方に視線を投げながら呟くように言った。喜蝶は艶冶《えんや》な笑みを浮かべておとせを見ている。

「おとせさんは正直だねえ。わっちは当てずっぽうで言ったざます」

「まッ」

「怒らない、怒らない。おとせさんの老いらくの恋、さてどうなることやら、とくと拝見致しやしょうというものだ」

「老いらくの恋は余計ですよ」

おとせは喜蝶に謀《はか》られてぷりぷりして言った。

禿《かむろ》のたよりが廊下から声を掛けた。

「花魁、くろの行水の用意ができんしたよ」

くろは凧助が連れて来た子猫である。

「さあさ、忙しい。くろは頑是《がんぜ》ないからおとなしく言うことを聞かないざます」

喜蝶はいそいそと部屋着の裾を捲って廊下に出て行った。それからひとしきり、子猫の行水につき合って、喜蝶やたより、居続けの客のかまびすしい声が海老屋の二階に響いていた。

五

八月の一日は、幸いよい天気になった。海老屋の二階では花魁も振袖新造も禿も白一色の衣裳で、それはそれは目が覚めるほど眩しい。仕度ができるとおとせは海老屋を出て花月に向かった。花月の見世前で花魁道中を見物するつもりだった。

仲ノ町の通りは見物の客の人垣ができていた。

「こう、おとせさん。座敷に上がりなせェ」

凧助が外に出て来て気軽に声を掛けた。花月の青簾の中では数寄者の客が早くも昼酒に顔を赤くして花魁道中を待ち構えている。お浜が如才なく客の接待をしているのが見えた。

「いいえ、あたしは外で結構ですよ」

おとせは遠慮して言った。実際、外にいる方が見物には都合がいい。凧助は薄みずいろの着物に、透けて見える黒い羽織を重ねている。

黒い襦袢の襟がきりっとした印象を与える。

「いいお召し物でござんすねえ」

おとせはお世辞でもなく言った。

「惚れ直したかい？」

爪助はずけずけ言う。ぷっと噴《ふ》いて爪助の腕を加減もなくぶった。爪助は大袈裟に「いてッ」と呻《うめ》いた。ふと気がつくとお浜が客のいる座敷から小意地悪くこちらを見ている。

おとせは慌てて小腰を屈めた。お浜が何か言い掛けた時、近所の芸者衆が四、五人、固まって爪助とおとせを取り巻いた。

「よッ、ご両人、お邪魔でござんしょうが、わっち等も外で花魁をお出迎え致しますので」

年増の勝奴《かつやつこ》という芸者が景気よく声を掛けた。皆、出《で》の衣裳を纏っている。豆奴《まめやつこ》、駒子《こまこ》、玉助《たますけ》。花魁の白無垢の衣裳を引き立てるために黒紋付である。帯は献上博多。芸者姿の定番の恰好である。

花月の客は深川の竹商だという。八朔の道中付きで海老屋に揚がる果報者だが、そのために彼が散財した金は計り知れない。白無垢の衣裳は言うに及ばず、芸者衆、遣り手、海老屋の奉公人達への祝儀、さらに引手茶屋の払いと途方もない。

それでも八朔の行事の金を工面したことで店も主も評判になり、次の商いの弾みにもなろう。

「勝奴さん、ご両人などとおっしゃると、お内儀さんに余計な勘繰りをされて、あたしが困ります」

おとせはお浜が聞き耳を立てていることを承知で言った。

「大丈夫。お内儀さんは、この凧《い》に悋気を起こすほど狭い了簡のお人じゃない。もしかして熨斗《のし》をつけて譲りたいと思っているかも知れませんよ」

「そんな、悪いですよ」

おとせは勝奴の物言いに気が引けた。

「悪いものか、ねえ、凧?」

勝奴はお座敷の調子で凧助に言う。凧助は引手茶屋の主であるが、お座敷では芸者衆に気を遣う幇間という立場でもある。芸者暮らしの長い勝奴は凧助に対して遠慮がない。

凧助は勝奴に貶《おとし》められても、にこにこと笑顔を崩さなかった。

やがて、海老屋から真っ白い行列がやって来るのが見えた。見物客からほうっ、とため息が洩れた。

海老屋の紋所の入った箱提灯を提げた男衆を先頭に二人の振袖新造、その後ろに横兵庫の髷に二枚櫛、の八本も挿《さ》した喜蝶が両脇に禿を従えてゆっくりと歩いて来る。喜蝶の後ろには番頭新造、二人の男芸者（幇間）、遣り手、一番後ろから喜蝶の頭の上に傘をかざしているのは筆吉であった。男達と遣り手以外、皆、雪のように白い衣裳である。喜蝶は一尺四寸の帯を熨斗結びにして、裲襠《しかけ》は裾に富貴綿《ふきわた》を入れている。小袖の下の襦袢の紅が際立つ。おとせが苦労して縫った衣裳でもある。おとせは喜蝶の体型を考えて、あまり裾の富貴綿は厚くしなかった。そのせいで、すっきりとして見える。

下駄は黒塗りの二枚歯。最近はこの下駄を真似て町家の娘達も黒塗りの下駄を履いているのをよく見る。江戸の流行は吉原の遊女達がさきがけでもある。

「最近の喜蝶は、ますます女ぶりに磨きが掛かったような気がする」

凧助は感心して言う。

「本当にきれい。絵に写して残して置きたいほど……」

おとせも相槌を打った。喜蝶の艶姿《あですがた》に比べて筆吉は表情に乏《とぼ》しい。仕来たり通りに仕事をしているという感じに思えた。

「筆、手前ェだけが弔《とむら》いのような面をしているぜ。ちょいと愛想をしねェか」

爪助から檄《げき》が飛んだ。周りの者から苦笑が洩れる。筆吉はちらりと爪助を見ると仕方なく少し笑った。

「嫌や嫌や笑っていやがる。どうしようもねェ奴だよ、全く」

そうは言ったが爪助は筆吉に対して親しみを感じている様子があった。

「筆吉さんはいい人ですよ。妓夫にして置くのがもったいないほど男気もあるし……」

おとせは筆吉を持ち上げた。

「あちきより？」

爪助がおどけて訊く。

「ばあか、爪。手前ェのは男気じゃなくて、すりこぎさ」

勝奴がまた口を挟んだ。爪助は勝奴に、しかめ面を拵え「そう言うあんたは舟《ふね》漕《こ》ぎだろ？　お座敷じゃ、いねむりが得意だから」と応酬した。

「言ったな、爪。お座敷で仇《あだ》を討ってやる」

「あい、勝奴姐さんに仇を討たれるなら、あちきも太鼓持ち冥利に尽きるというものだ。その大きなおいどの下敷きになりたい」

周りからどっと笑いが起きた。喜蝶は見物人が何ほど騒いでも、まっすぐに前を向き、抜かりなく外八文字の足を捌《さば》いている。気を抜いて躓《つまず》こうものなら、大変な散財を強《し》いられることになる。吉原の遊女は何事も金にがんじがらめに縛られる宿命であった。

やがて一行は花月の前で足を止めた。番頭新造がかいがいしく世話を焼いて喜蝶は座敷に入って行った。これから酒宴が始まるのだ。

凧助は一行に如才なく言葉を掛けて中に促したが、すぐにまた表に出て来た。芸者衆は凧助と入れ違いに中に入った。

「ご亭さん、お客様のお相手をしなくてよろしいんですか」

おとせは賑やかな座敷をそっと見て凧助に訊いた。引手茶屋の座敷は、通りに面した所は下げた青簾に突っかえ棒をして中の様子が見えるようにしてある。客の前には八寸と呼ばれる盆が置かれていて、それに吸物の椀、料理をのせた硯《すずり》蓋《ぶた》、盃台、銚子が並んでいた。

吸物は鴨《かも》のせんば煮、酒の肴はとこぶし、蒲鉾、玉ずさ牛蒡《ごぼう》、こはく玉子、塩ぜんまいなどで、市井《しせい》の暮らしをする者には、おいそれと口に入らないものばかりである。

「太鼓はあちきがいなくても風太《ふうた》とこん平《ぺい》がいるから間に合うよ」

風太とこん平は道中につき添って来た若い幇間であった。

「座敷は狭いから、あちきがいたら邪魔になる」

爪助はそんなことを言った。客の相手よりもおとせと一緒にいることを喜んでいる様子が何んとなく面映《おもはゆ》い。爪助はおとせに邪気のない笑顔を見せた。

見物客は喜蝶が中に入ってしまったというのに、今度は出て来るのをしぶとく待っている。他の見世の花魁もそれぞれに馴染みの茶屋に道中するので、少しも退屈ではなかった。

仲ノ町の通りは今日だけ初雪に見舞われたように白い色が溢れていた。

ふと、見物客の足の間から白い猫が飛び出したのにおとせは気づいた。たまである。

「ご亭さん……」

おとせは爪助の羽織の袖をつっと引いた。

「ん？」

「見て、たまが見物しているわ」

おとせは人垣の前にちゃっかり出て、行儀よく座っているたまを指差した。

「喜蝶の道中を見物しに来たって訳か」

「浮舟さんに言い含められたのかしら」
「そうかも知れねェ。あの猫は頭がよくて人の喋ることが何も彼《か》もわかっている
ような面をしていたからね」
おとせは目頭が熱くなった。爪助は袂からさり気なく手巾《しゅきん》を出しておとせに渡
した。おとせはそれを受け取って眼に当てた。
酒宴はなかなか仕舞いにはならなかった。それでもたまは身じろぎもせず、そ
の場所を動かない。おとせはたまの姿を見ているだけで新しい涙が次々と湧いた。
どうしたことだろう。陽が射しているのに、突然通り雨が降って来た。見物客
は「ひえッ」と大袈裟な悲鳴を上げて近くの軒下に身を寄せた。おとせも花月の
玄関先に走り込んだ。
「なあに、すぐに止《や》むよ」
爪助は濡れた肩先を手で拭いながら言った。
たまはそれでも動かない。雨に濡れながらじっとしていた。まるで喜蝶に対す
る義理立てとばかりに。花月から出て来た喜蝶はたまを見て何を感じるだろうか。
おとせにはその答えがわからなかった。ただ無闇に切ないだけである。
「もう秋だァな」

凧助は軒から伝う雨のしずくを見つめてぽつりと呟いた。

後《のち》の月《つき》

一

吉原の大籬《おおまがき》海老屋の遊女、喜蝶が平昼三《ひらちゅうさん》から呼び出し昼三に出世したのは、八朔（八月一日）の少し前のことである。八朔の花魁道中は、言わば喜蝶のお披《ひ》露目《ろめ》に当たる行事でもあった。

大籬は引手茶屋の手引きで揚がる遊女屋である。抱えられる遊女も、細見《さいけん》で入《いり》山形《やまがた》に二ツ星で表される新造つきの呼び出し昼三（揚げ代が三分、昼夜で一両二分）から、入山形に一ツ星の呼び出しはしない昼三、入山形に白星の附廻《つけまわ》し、入山形だけの座敷持ち、山形の部屋持ちと続く。無印は金二朱の振袖新造と番頭新造である。大籬での振袖新造は花魁の名代として客の相手をするが、客はこの振新に手が出せない仕来たりになっていた。

喜蝶が出世したのは、その稼ぎぶりよりも、海老屋の楼主、海老屋角兵衛の考えによるものであった。海老屋ではお職《しょく》を張ると言われる一番の稼ぎ頭、入山形に二ツ星の春風《はるかぜ》が、さる旗本の側室として落籍された。この春のことである。落籍料は五百両とも六百両とも言われている。

海老屋は大層な実入りがあったというものの、商売を続けていくためには呑気にしてもいられない。春風が抜けたために海老屋は、どことなく華やぎに欠けた観は否めない。

角兵衛はそこで、喜蝶を呼び出しに引き上げ、遊女達の梃子《てこ》入れを図ったのである。

喜蝶は自尊心が強く、角兵衛やお内儀のお里の言葉に素直に従わないところがあった。

一時は平昼三から、座敷持ちに格下げされるのではないかと、海老屋にお針として住み込んでいるおとせも大いに心配していたものだ。本人が了簡《りようけん》を入れ換えたことと、春風の落籍のこともあって、めでたく呼び出しに出世する運びとなったのだ。

不思議なことに、呼び出しとなり、客を迎えに行くため花魁道中をする喜蝶に、それまで見向きもしなかった客も馴染《なじ》みとなって、喜蝶は同じ呼び出しの薄絹を追い越すほどの人気になっている。そのせいか、近頃、薄絹の機嫌は、とみに悪かった。

新しくやって来た遣り手と、馬が合わないこともあったかも知れない。薄絹は遣り手のお久《ひさ》と日に一度は口喧嘩をしていた。

海老屋の遣り手はお沢《さわ》という五十絡《がら》みの女が勤めていたのだが、お沢は春風の落籍された辺りから体調を崩し、床に就《つ》くようになった。海老屋を一時退《の》いて、揚屋町《あげやまち》の花屋を営む息子の所へ身を寄せている。

お久はお沢の代わりに海老屋に雇われた遣り手だった。年は六十近くになるが、遊女や客に向ける眼はただならない。口うるさかったが、どこか人のよい面のあったお沢とは違った。

禿《かむろ》達はお久に見つめられるだけで縮み上がる。お久には人の情というものがあるのだろうかと、おとせも思うほどだった。しかし、引手茶屋花月を営む爪助は、あれが本来の遣り手の姿だと言った。お沢は、遣り手としては甘かったそうだ。おとせは爪助の話を聞いて、そんなものかと思った。

喜蝶の愛猫くろに行水を使わせた時、お沢は廊下を水浸しにして、と文句を言ったが、言った後には、そのまま見物して手拭いでくろの水気を拭うのにも手を貸してくれた。くろを眺めるお沢の眼は優し気だった。去られてみて、初めてお沢の長所がしみじみ思い出される。人は勝手なものだと、おとせは内心で独りごちた。

お沢の所に見舞いに行ってきたおとせは、まだまだお沢の回復には時間が掛かりそうに見えたので気が滅入っていた。そのまま海老屋に戻る気になれず、親しくしている引手茶屋の花月を訪れた。

お内儀のお浜が用足しで廓《くるわ》を出ていることもあって、爪助は内所におとせを上げて茶を振る舞ってくれた。

「お久さんは今まで、どこのお見世にいたお人なんですか」

おとせは銀煙管《ぎんキセル》で一服点《つ》けている爪助に訊《き》いた。残暑もようやく鳴りを鎮《しず》め、吉原に秋風が吹いていた。もうすぐ八月十五日の仲秋の月見を迎える。花月でも、すすきや萩、女郎花《おみなえし》などの秋の花が客座敷に活《い》けられていた。

「あの人ァ、通《かよ》いの遣り手さ」

爪助は訳知り顔で応える。相変わらず品のいい着物と羽織を身につけている。襟元を緩やかに着付けるのが爪助の特徴だった。

九月の九日まで爪助の衣裳は夏物である。

その日から吉原の遊女達も冬物の衣裳になる。爪助も律儀にそれに倣《なら》っているのである。

「通い？」

おとせは呑み込めない顔で訊き返した。

「揚屋町に家があるから、そこから通っているんだよ。見世が終われば帰るだろ？」

「ええ……」

「この頃の見世は遣り手も一人ぐらいしか置かないが、昔は住み込みと通いの二人ぐらいを置いていたんだよ。その方が目配りが利くからね。お久さんは、あれでも昔は弁天屋でお職を張るほどの花魁だったのさ」

弁天屋は京町にある大籬の遊女屋だった。

「まあ、そうですか」

お久の風貌から、そんなことは微塵も感じられなかった。おとせはひどく驚いた。

「年季が明けて見世を退いてから嫁に行ったんだが、亭主も廓内《くるわうち》で商売をしている男だったから、あの人もずっとここに住んでいたんだよ。その亭主が死んだ後は、頼まれて遣り手をすることが度々あったんだな。まあ、お沢さんのように不意に仕事ができなくなった遣り手の代わりが多かったようだ。何しろ、おっかねェ人なもんだから、あまり好かれなくてね、頼まれちゃ、やめ、頼まれちゃ、やめして今まで来たのさ」

引手茶屋の主を長いことしている爪助は、さすがに人の事情に詳しい。

「じゃあ、お沢さんが元通りになったら、またお久さんは、やめていくんでしょうか」

「そういうことになるだろう。お久さんも、そこんところはようく心得ているよ」

「ご亭さんがおっしゃるように、とても厳しいお人なもんですから禿の子も恐ろしがっておりますよ。それに薄絹さんとは喧嘩が絶えないし」

そう言うと、爪助の皺深い額がきゅっと持ち上がったように見えた。

「薄絹と喧嘩するってか」

爪助は真顔で訊いた。

「ええ、そうなんですよ。薄絹さんも悪いんですよ。わざとお久さんの嫌やがるようなことを言うのですもの。まるで、お久さんに恨みでもあるみたいに。他の妓はなるべくお久さんに気に入られようと優しく名前で呼び掛けるのに、薄絹さんは、遣り手どん、ですからね」

「………」

凧助は鼻白んだような表情になり、火鉢の縁で煙管の雁首を打ちつけ、灰を落とした。

「薄絹のことは心配しなくてもいいよ。お久さんだって、さほど気にしちゃいないやね」

「そうでしょうか……」

「始まったね、心配性が」

凧助は茶化すように言った。

「だって、ご亭さん……」

「いいから、おとせさんは手前ェのことだけ考えてりゃいいんだ」

凧助は皆まで言わせず、おとせの話を遮《さえぎ》った。

「あんたがここに来て、そろそろ一年になるのかい？」

凧助は話題を換えるように言った。凧助の眼は床の間の花瓶に注がれている。そこには吾亦紅《われもこう》が何本も無造作に挿し込まれていた。

おとせの大好きな秋の花である。暗赤色の丸い穂が可愛い。

「早いものですね。もう一年も経ってしまいましたよ。ご亭さんや海老屋のお内儀さんのお蔭で何んとか仕事を続けていられますけど」

「あちきは何んにもしていないよ」

爪助はそう言って胸の辺りを見つめた。ふと気づいたように胸毛を摘み上げて
「てへっ、胸毛まで白くなっちまってるよ。嫌やだねえ、年を取っちまって。あちきなんざ、右見て左見ている間に六十だ」と、自嘲的な口ぶりで言った。年月の速さを「右見て左見て」と、たとえる爪助に、おとせはふわりと笑った。

「ご亭さんはまだお若いですよ」

おとせはお世辞でもなく言った。

「ありがたいねえ、そう言ってくれるのはおとせさんだけだよ」

「そんなことはありませんよ。誰だってそう思っておりますよ」

「しかし、この年じゃ、もう花も咲かせやしないやね」

「おや、どんなお花を咲かせたいんです？」

おとせは悪戯っぽい表情で訊く。

「色っぽいねえ、その眼。おとせさんがあちきの女房だったら、さぞかし倖せだろうねえ」

「もう、ご亭さん、まだ陽《ひ》は高いんですよ。そんなお話はよしにして下さいましな。お内儀さんがお聞きになったら大変なことになりますよ」

「あんたが吉原《なか》に来て、最初にうちの見世に挨拶に来た時さ……」

「ええ」

おとせは懐かしそうな顔になった凧助に、つっと膝を進めた。

「あの時も床の間に吾亦紅を飾っていたんだよな」

「……」

「あんたは眼を輝かせて、その花、大好きなんですと言ったんだよ」

「そうでしたかしら……」

「妙にそのことが忘れられなくてね、吾亦紅を見る度におとせさんの顔を思い出すんだな」

「おやおや、大変」

おとせは大袈裟に言ったけれど、これは凧助が胸の思いを打ち明けているのではないかと、妙に頰が上気した。

「あたしが吾亦紅なら、お内儀さんは何んの花になるんですか」

「あれは花になんざ、たとえられるもんか。枯れすすきさ」

おとせは思わず袖で口を覆って笑い転げた。

「枯れすすきって、何んのことでござんすか？　お座敷のすすきは枯れてなんざいませんよ」

いつの間にかお浜が戻って来て、内所に足を踏み入れながら言った。おとせは思わずぎょっとなった。

「お留守にお邪魔しておりました。ちょいとお久さんのことを伺っていたものですから」

おとせは慌てて言い訳した。お浜は爪助の横に座って、手にしていた風呂敷包みを脇に置くと、おとせに向き直った。その眼が妙に据わっている。

「おとせさん、あんたに一度言っておきたいと思っていたんですけどね、お針の分際で、あんまり見世のあれこれに口を挟み過ぎやしませんか。あんたは黙って、ちくちく縫い物をしてりゃいいんだ。それに、こんな老いぼれのうちの人なんかに色目使ったって、一つもいいことはありませんよ」

お浜はずばりと言った。おとせの肝が冷えた。爪助は「何言いやがる」と、制したが、お浜の剣幕は収まらなかった。

「お内儀さん、あたし、そんなつもりは少しもありません。どうか考え違いはやめて下さい」

「何が考え違いだ。近頃、吉原五町じゃ、あんたと、うちの人のことは噂になって大変なものさね。今も菓子屋の女房に、ぐずぐずしていると若いお針に亭主を寝取られるよと言われて来たばかりさ。肝が焼けて帰って来れば、ふん、人を枯れすすきだと笑っている様《ざま》。とっととお帰り、泥棒猫！」

そう言った途端、お浜の頬に爪助の手が飛んだ。おとせは挨拶もせずに、内所を飛び出し、そのまま花月から駆け出した。

胸の動悸が激しかった。自分は爪助に甘えていたのだろう。それがお浜の誤解を招いたのだ。吉原じゃ、気をしっかり持て、そうでなければ足許を掬われると、妓夫の筆吉に口が酸っぱくなるまで言われていたはずである。

おとせはお浜を憎むより、自分の短慮を心底、恥じていた。もう、花月には行くまいと心に決めていた。

二

八月十五日の仲秋の月見は遊女屋の紋日《もんぴ》である。その夜はいつもより客の数も多い。

遊女達は角兵衛とお里に、九月十三日の後見《こうけん》の月見にも客を登楼させるように言い含められた。仲秋の月見に来た客が後見の月見に登楼しなければ片月見となり、縁起が悪いのだという。なに、見世が客を呼び寄せる口舌《くぜつ》に過ぎないのだが。

その夜、海老屋の二階の座敷には初会《しょかい》の客が三人一緒に登楼した。手引きしたのは花月である。爪助は引手茶屋の主であるとともに幇間《ほうかん》でもあるので、客の間に入って賑やかに座を盛り上げていた。爪助がやって来た時、おとせは廊下ですれ違ったが、小さく頭を下げただけで言葉は掛けなかった。

爪助もおとせの気持ちを察していたようで何も言わなかった。

おとせはお内儀のお里に頼まれていた縫い物を届けたついでに、九月九日以後の遊女達の冬物の衣裳について、お里の指図を聞いた。

「おとせさん、最近、少し痩せたのじゃないかえ」

お里は縫い物の話が終わると、そう言った。

藤色の一つ紋の着物に黒の緞子《どんす》の帯を締め、頭には鼈甲《べっこう》のを挿している。少し小太りのお里には海老屋のお内儀としての貫禄が充分に感じられる。存外にさばけた人柄なので奉公人にも客にも慕われていた。

「そうですか？　あたしは別に……」

「お前さん、花月のお浜さんに剣突《けんつく》を喰わされたって話じゃないか」

「………」

　おとせは何も言えずに俯いた。お里から小言が出るかと胸が堅くなった。だが、お里は少し小意地の悪い表情で笑って、「いい年して、あの女は悋気したものかねえ。そんなに大事な亭主なら、もっと大事にしたらいいものを」と、言った。

「お内儀さん、違うんです。あたしが何かあるとご亭さんに相談するものですから、花月のお内儀さんは妙に勘繰ってしまったんですよ。皆んな、あたしが悪いんです」

「まあ、そう殊勝に謝られても、こっちが困ってしまうよ。あんたが、あの凧に懸想《けそう》するなんて、あたしだって、万に一つも思やしないよ。近所の人が噂するのは、そうなったらおもしろいから煽《あお》り立ててるだけなんだから。それをあの女は真《ま》に受けてさ、全く引手茶屋のお内儀の風上にも置けない。なに、気にすることはないよ。凧とは今まで通りに口を利いたって構やしない。もしも、向こうが何か言い掛かりをつけて来たら、あたしがきっちり言ってやるよ」

　お里は妙に威勢がよかった。ありがたいとは思うが、おとせはやはり自重しようと心に決めていた。お里は菓子屋の竹村から取り寄せた月見最中をおとせに振る舞って慰めてくれた。茶を飲んで、ようやくほっと息をついた時、二階廻しの仁助《にすけ》が慌ててやって来て「お内儀さん、お久さんと薄絹姐さんが摑み合いをしておりやす」と知らせた。

おとせは立ち上がり、表に出て妓夫の筆吉を呼んだ。こんな時、うまくいなしてくれるのは筆吉が一番だったからだ。筆吉は通り過ぎる客に声を掛けて客引きをしていたが、おとせの言葉を聞くと、唇を嚙み締め、二階に通じる階段を足早に駆け上がった。おとせもその後に続いた。海老屋では三味線に合わせて芸者が唄う声や、客の笑い声も賑やかであった。

しかし、二階に上がって、遣り手の部屋に近づくにつれ、甲走った薄絹とお久の声がはっきりと聞こえた。他の客に気づかれていないのが幸いであったが、騒ぎが長引けば迷惑にもなる。

「よしなせェ！」

筆吉はお久を制するより、薄絹の身体を後ろから羽交い締めにするようにして止めた。

「放して、筆さん。こんな業つく婆ァは見たこともない。客に呼ばれてもいないのに、祝儀を催促するとはどういう了簡だ。わっちは恥ずかしくて客に合わす顔もない」

「おや、遣り手は三会目《さんかいめ》で馴染みとなった客から一分の祝儀をいただくのが仕来たりですのさ。それをお前様の客は知らぬ顔をしていなさるから、わたいは何かお忘れじゃないですか、と謎を掛けただけだ。面と向かって催促するものかね、外聞の悪い」

「謎を掛けたは、催促したと同じことざます！」

「よしなせェ」

筆吉は薄絹の顔を振り向かせ、その口を封じるように手で薄絹の顎をきゅっと摑んだ。

小さな薄絹の顔はそうされると、筆吉の手の中にすっぽり埋まってしまいそうだった。

「筆さん、わっちは悔しい……」

薄絹はそのまま筆吉の胸に縋って泣いた。

「へん、威勢のいいことを言っておきながら、仕舞いにゃ泣きが入るのかえ？呼び出しの面汚しだ」

「何んだと？」

お久の悪態に薄絹は男のように吠えた。

「お久さん、どうぞ薄絹さんをこれ以上、焚《た》きつけないで。他のお客様のご迷惑になりますから」

おとせはお久を刺激しないように柔かく言った。

お久はおとせの言葉で我に返ったような顔になった。周りを見て「おやおや、とんだ不調法で」と、取り繕うように愛想笑いを洩らした。鶴のように痩せた身体には、黒八《くろはち》を掛けた縞の着物が衣紋《えもん》を抜いて着付けられ、無紋の黒い帯を前結びにしている。眉を落とし、鉄漿《かね》をつけたお久は、その年にしては妙になまめかしい。かつて、お職を張る花魁であったと聞かされた後では、どことなく威厳のようなものさえ、おとせには感じられた。

そのお久が、あからさまに祝儀をねだるのは、薄絹が言うように確かに見苦しい。だが、遣り手は楼主から給金を与えられている訳ではなかった。客から貰う祝儀と、台の物の代金の掠《かす》りを取って暮らしを立てているのだ。特に三会目に登楼して遊女の馴染みとなる客は遣り手を呼んで一分の祝儀を出すのが習い。

薄絹の客はうっかり忘れていたのだろう。

「ささ、花魁、お客様がお待ちですよ。梅園《うめぞの》さん、花魁の化粧を直してやって下さいな」

おとせは傍にいた薄絹つきの振袖新造、梅園に声を掛けた。梅園はまだ驚いたような顔のままだったが、こくりと肯いて薄絹を促した。

「お久さん、幾ら相手が薄絹さんだからと言って、騒ぎを起こすのは困りますぜ」

筆吉はちくりとお久に言った。

「わたいは何も……」

お久はそう言い掛けたが、すぐに自分の部屋の火鉢の前に座って、酒の燗《かん》を見る振りをした。おとせは筆吉の物言いが妙に引っ掛かった。相手が薄絹だから、どうしたというのだろう。しかし、筆吉はくるりと踵を返し、おとせよりも先に階段を下りてしまった。そのまま表に出て、通り過ぎる客に声を掛けていた。

その夜、いつもより客が多いせいもあって見世は喧噪がなかなか収まらず、引け四つ（十二時頃）の柝《き》が鳴っても、おとせは眠られずにいた。凧助のことも、筆吉の物言いのことも、お久のことも気になって仕方がなかった。ようやく、とろりと眠気が差した頃、おとせは、またしても廊下から聞こえるひそめた話し声に眼を覚まさせられた。

「筆さん、よしかえ？　きっと頼まれておくんなんし」

声の主は喜蝶だった。筆さんと呼び掛けているから、相手は筆吉だと思うが、おとせの耳に筆吉の声は届かなかった。喜蝶と筆吉はこっそりと言い交わしている仲だった。

それは角兵衛にもお里にも内緒のことである。海老屋で事情を知っているのは、薄絹とおとせだけだろう。妓夫と遊女の恋愛は御法度であった。筆吉はそれを人に悟られるような態度は微塵も見せない。おとせは内心で筆吉を大した男だと思っている。

「事が起きてからでは遅いざます。ええ、じれったい。このままにしておくざますか」

「………」

「だから、花月のご亭さんに……じゃ、おとせさんに口を利いて貰いなんして」

……花月のお内儀さんのことは、うっちゃっといて下っし。事が事でありいす」

自分の名が出て、おとせの胸はどきりとなった。いったい喜蝶と筆吉は切羽詰まって何を話しているのだろうか。おとせは、そっと蒲団から抜け出した。若いお針のおみのが、腕を万歳《ばんざい》する形で眠っていたので、その腕に躓《つまず》きそうになった。おみのの腕を蒲団の中に入れてから、おとせは障子を細めに開けて廊下の様子を窺った。

厠《かわや》の近くで二人の姿が影のように黒い。喜蝶は厠に行く振りをして階下に下り、そっと筆吉に声を掛けたのだろう。

「よしかえ？　明日は言われた通りするざます。ご亭さんに仔細を話せば、後はご亭さんが何んとかしいす。よし乃の顔を見たかえ？　あれでも筆さんはまだ二の足を踏むざますか」

それから二人の間に沈黙が挟まれた。しかし、しばらくしてから喜蝶は裲襠《しかけ》の衣ずれをさせて二階に戻って行った。筆吉の深い吐息が聞こえた。

よし乃は喜蝶の世話をしている振袖新造であった。禿から遊女になった妓《おんな》ではなく、女衒《ぜげん》が連れて来た娘である。何んでも元は武家の出だったという。喜蝶の今夜の客は凧助が連れて来た三人組の武士である。遊女を一日買い切る「仕《し》舞《まい》」をつけてくれた。しかし、武士達は、海老屋に揚がる客にしては着物がしおたれ、垢じみてもいた。勘のよい喜蝶は、その客とよし乃の間に何かのっぴきならない事情を感じたのだろう。おとせは考えても考えても、その理由がわからなかった。筆吉が枢戸《くるるど》（桟のある落とし戸）を差す音が聞こえ、おとせも蒲団に戻った。

もう秋だというのに、部屋の中は暑苦しかった。おとせは何度も寝返りを打ち、筆吉が洩らしたような吐息をついた。

三

よく眠らなかったせいで、翌日のおとせは頭がぼんやりしていた。遊女達の部屋着を縫いながら、針の先で指を突き、おとせは思わず呻いた。「おとせさん、指を突いたのかえ？　血はつかなかっただろうね？」

古参のお針のおときが、目ざとく気づいて口を開いた。おとせが怪我をすることより、着物が汚れることを気にしていた。

「大丈夫です」

「あんた、今日は何んとなくうわの空だよ。花月のご亭さんのことでも考えていたんじゃないのかえ」

「そんなことありません」

おとせはむっとして言葉を返した。他のお針も含み笑いを洩らしている者がいた。海老屋には五人のお針が雇われている。古参のおときと、おまさは通いで、おとせより一つ若いお桑と、十八歳のおみの、それにおとせが住み込みであった。

「この間、花月の前を通ったらさ、あすこのお内儀さん、口から泡を飛ばす勢いであんたの悪口を言っていたよ。いやらしいって」

おときは滔々《とうとう》と続ける。おとせは、おときに返事をせずに縫い物を続けた。人の嫌がることを平気で言うのが、おときのくせである。

おみのだけは気の毒そうに、おとせの顔を見た。おみのは、おとせを慕っているが、おときの前では何も言えなくなる。その時も黙ったままだった。

「ねえ、本当のところ、どうなの？」

おときは興味津々という態《てい》で畳み掛ける。

「本当のところって何んですか？」

おとせは少し声を荒らげた。

「だからさ、花月のご亭さんと何んかあるのか、ないのか」

「それを聞いて、おときさんはどうなさるんですか？」

「どうなさるって、ただ聞いてみたいだけさ」

「はあ、そうですか。ご亭さんとあたしは何んにもございませんよ。おあいにく様」

おとせはそう言って着物の袖を捌《さば》いた。ようやく、一枚の部屋着ができ上がった。それはよし乃の物だった。おときは憎らし気におとせを睨んだ。ちょうどその時、筆吉が部屋の外でおとせの名を呼んだ。おとせは救われたような気持ちで大きな返事をした。

筆吉は階段の陰におとせを促し「ちょいと、つき合っていただけやせんか」と、気後れしたような顔で口を開いた。

「なあに？」

「花月のご亭さんに訊ねてェことがありやして」

昨夜の喜蝶と筆吉のことが、おとせの脳裏に浮かんだ。しかし、おとせは何事もない顔で「どうしてあたしに？」と、筆吉に訊いた。

「おとせさんがいた方が話がしやすいからですよ」

「でもあたし、お内儀さんに嫌われているのよ。あたしが出て行ったら、また嫌味を言われますよ」

「おれが花月からご亭さんを呼び出しやす。その後は近所の蕎麦屋にでも行きやしょう」

筆吉は段取りを調えている様子である。

おとせは少し躊躇したが、仕事もひと区切りついたことだし、その申し出を受けた。

用があって出かけることを筆吉の口からお針の仲間に告げさせて、おとせは筆吉と海老屋を出た。外では秋葉権現の祭礼の「俄《にわか》」が賑やかに行なわれていた。俄は八月の晦日まで踊り屋台を引き廻し、廓中の茶屋の前で芸者の手踊りや幇間の茶番狂言を披露する。

筆吉は揚屋町の蕎麦屋におとせを待たせて爪助を迎えに行った。揚屋町の一郭には魚屋、質屋、酒屋、蕎麦屋、湯屋、蠟燭屋などが軒を並べている。「長寿《ちょうじゅ》庵《あん》」という蕎麦屋は吉原でも味がよいと評判の店である。掃除も行き届き、季節の花を飾っていて、なかなか品もいい。おとせは蕎麦屋の小上がりに座って爪助と筆吉を待った。傍の窓から狭い通りが眺められる。向かいは湯屋だった。ぼんやり眺めていると、その湯屋から薄絹と遣り手のお久が出て来たのに気づいた。おとせは思わず身体を縮めた。二人に気づかれ、何をしているのかと問われたら、うまい返事ができないと思ったからだ。

二人は朝湯を浴びて戻るところだった。湯屋の前で薄絹は「すんなら、ま、そういうことで」と、お久に声を掛けた。

「あい、あんたもせいぜい、お稼ぎよ」

お久も応える。その時の二人は、摑み合いの喧嘩をするような仲には、とても見えなかった。二人は湯屋の前で左右に分かれた。薄絹は海老屋に帰り、お久は夜見世が始まるまで家にいるつもりなのだろう。

おとせは何が何んだか訳がわからなくなった。胸の動悸も覚えた。筆吉と爪助が急ぎ足で店に入って来ても、おとせは落ち着かない気持ちでいた。爪助はおとせの顔を見ると安心したように笑った。

「この間はすまなかったねえ、うちの枯れすすきが悋気を起こしちまって」

爪助は性懲りもなく、まだそんなことを言う。おとせの前に座って、「ささ、何んでも好きな物をお取りよ」と、如才なく蕎麦を勧めた。

三人はせいいろを頼んだ。おとせは薄絹とお久のことがまだ気になっていた。

「話って何んだい」と、爪助に急かされて、おとせは二、三度、眼をしばたたき「それは筆吉さんから聞いて下さいな」と、素っ気なく応えた。

「何んだよ、筆の字の話かよ。あちきはまた、おとせさんから優しい言葉でも掛けて貰えるかと思って急いでやって来たのに……」

爪助は不服そうな表情をした。相変わらず、どこまでが冗談で、どこまでが本気なのかわからない。筆吉は膝頭を両手で摑み、畏《かしこ》まって口を開いた。その声は店の客を気にして、ひどく低かった。爪助は途中で何度も訊き返した。

昨夜、爪助の手引きで海老屋に揚がった客を見ると、よし乃は金縛《かなしば》りに遭ったように様子がおかしくなったという。

その客の一人と、よし乃がどうしても訳ありな様子に思えてならない。三人の武士は世間話に紛らわせて、客の中に薩摩《さつま》訛《なま》りの武士がいないかどうかを訊ねていた。

目当ての男は春風を落籍した旗本の家臣の一人だった。

三人には、その男を追い掛けている様子があったので、妓達は目配せで牽制し合ったという。

爪助は筆吉の話が終わると「何んだかなあ、あちきもおかしいとは思っていたんだよ」と、吐息混じりの声で言った。

「だが、たんまり膨らんだ紙入れを渡されて、これで親父、一つ、よろしく頼むと言われりゃ、こっちも商売だから、あらよっと引き受けたものだが」

「喜蝶さんは、よし乃さんに訳を訊ねたんですか」

おとせは筆吉に訊いた。筆吉は力なく首を振り「よし乃は、手前ェの前身に関わることになったら梃子でも喋りやせん」と、応えた。

「喜蝶さんはよし乃さんと、その三人のお侍に、どんな繋がりがあると思っているんですか」

「喜蝶は、あの中の一番若《わ》けェ侍と、よし乃が言い交わした仲だったんじゃねェかと察しをつけておりやす」

「言い交わした、仲？」

おとせは筆吉の言葉を復誦した。

「穏やかじゃないねえ。『復讎《かたきうち》阿部花街《あべのくるわ》』かい」

爪助は十返舎一九《じっぺんしゃいっく》の戯作《げさく》の外題《げだい》を持ち出した。悪人のために遊里に売り飛ばされた娘が、敵討ちのためにやって来た許婚《いいなずけ》と遊女屋で再会する話であった。

「ご亭さん、どうしたらいいんです？」

おとせは途端に心配になって爪助の顔色を窺った。

「ま、まずは蕎麦でも喰おうや」

爪助は運ばれて来たせいろを見て、そう言った。筆吉も遠慮がちに箸を取る。

筆吉のきれいな食べ方を見ている内、おとせは思いついたように口を開いた。

「問題は、どっちに加勢するかだわね」

「え？」

　爪助は呆気に取られておとせの顔を見た。

　筆吉も蕎麦猪口《ちょこ》を持ったまま、おとせの顔をまじまじと見ている。

「あのお侍さん達に、春風さんの殿様のお屋敷を知らせるのか、それとも、先にお屋敷の方に使いをやって、これこれこういう人が殿様のご家来さんを血眼《ちまなこ》で捜していると知らせるのか、どっちかでしょう」

　おとせがそう言うと、爪助も筆吉も思案するように押し黙った。

「どっちにせよ、お見世で刃傷沙汰になるのは迷惑ですから、ご亭さん、どうしたらいいですか」

「さてな……」

　爪助は、ずるりと蕎麦を啜り込んだ。

「そいつはよし乃の胸次第だが……あいつがどうしたいかだな」

「ご亭さん、しかし、よし乃は……」

　筆吉の言葉は歯切れが悪かった。よし乃に仔細を訊ねるのは骨だと、その顔が言っていた。

「おとせさんがよし乃に、それとなく訊いていただけやすかい」

　筆吉は上目遣いでおとせに言う。

「あ、あたし？　あたしは無理だと思いますよ。よし乃さんとは、それほど親しく口を利いている訳じゃなし」

「そいじゃ、お久さんに頼むしかねェだろう」

爪助はぽつりと言った。おとせは、ぎょっとなって「それは駄目」と強く言った。お久に頼んだら、よし乃は折檻される恐れがあった。そんなことはさせたくなかった。

「だが、お久さんに知らせずに事が大きくなったら、筆の字だって喜蝶だって、ただじゃ済まなくなるよ。遣り手はこんな時のためにも置いている人だからね」

爪助の表情には微塵も意に介するふうはなかった。おとせは爪助に瞬間、見知らぬ他人を感じた。

「昨夜《ゆんべ》は月見だったから、喜蝶は後《のち》の月の時にも侍ェ達に来てくれとねだったんじゃねエかい」

爪助はおとせに構わず、訳知り顔で筆吉に訊いた。

「へい、多分……」

「よし乃がどういうつもりでいるのか……まてよ、春風の旦那が薩摩訛りを伴にして来ていた頃、よし乃は、そいつと顔を合わせているじゃねェか。てことは……そん時は何事もなく過ぎているから、こいつはよし乃が、三人の方には薩摩訛りの居所《いどこ》を知らせたくねェという理屈にならねェか？」

　夙助は少し禿げ上がった月代《さかやき》をぽりぽり掻いて独り言のように言った。

「そ、そうですよ、ご亭さん」

　おとせも、はっと気づいたように言った。

「し、しかし、それじゃ喜蝶が三人の中の一人とよし乃が怪しいと睨んだのは、どういうことになるんです？」

　筆吉は呑み込めない顔で夙助に訊いた。

「まあ、お武家のことはよく知らねェが、喜蝶の睨んだように、よし乃と三人の一人がいい仲だったとする。だが、よし乃が海老屋に売られたってことは、そいつがよし乃を裏切ったということも考えられる。たとえ、お勤め向きで仕方なくそうなったとしてもだ。侍ェは、いざとなったら許婚だろうが情婦《いろ》だろうが、仕える殿様の命令なら二つ返事で捨てもするだろうよ。ところが、女はどうだ？　苦界に落とされた恨みは生涯忘れねェ。もしそうなら、よし乃が三人に黙っていたのは意趣返しってことになる。よし、筆、春風の旦那の所へ使いを出せ。あちきは八丁堀に繋ぎをつける」

「待って、ご亭さん。やっぱりあたし、よし乃さんへ仔細を訊ねてみますよ。それで、見世の出方としては二つあるから、よし乃さんはどっちにするのか、それとなく探りを入れてみることにします。春風さんの所へ使いを出すのも、ご亭さんが八丁堀の旦那に繋ぎをつけるのも、それからにして下さいな」

おとせは奥歯を噛み締めてから、そう言った。

「よっ、岡っ引きの女房！」

爪助はつまらない半畳を入れた。おとせの死んだ亭主は岡っ引きをしていた男である。筆吉はおとせの顔をじっと見て「おれも、おとせさんの言う通りにした方がいいと思いやす」と応えた。

「筆吉さん、あたしがよし乃さんと話ができるように、喜蝶さんに頼んで下さいな」

「へい、承知致しやした」

「さて、よし乃の月は晴れるのか曇るのか。まあ、次から次とよく事件が起きるよ、全く」

呑気な言い方をした爪助を、おとせは、きゅっと睨んだ。爪助は慌てて首を竦《すく》めた。

四

喜蝶は愛猫のくろを腕に抱き、その背中を撫でながら、よし乃の顔を眺めていた。時々、その口許から溜め息が洩れた。その溜め息は筆吉とよく似ていると、おとせは内心で思っていた。表情を堅くしたよし乃は案の定、「知りいせん」の一点張りだった。

おとせは喜蝶の部屋の襖近くに座り、そんなよし乃を見ていた。喜蝶から早く口を開けと目配せが盛んに来ている。おとせはよし乃に掛ける言葉を捜していた。よし乃のような妓は、どうしたら心を開いてくれるのだろうかと。

「これ、よし乃さんの部屋着ですよ。いかがでございましょうか」

おとせは部屋着をよし乃の膝の前に差し出した。まずは、そんなことしか言えなかった。

「おかたじけでありいす」

よし乃は相変わらず堅い表情のまま応えた。

「少し、地味じゃなかったでしょうか。もう少し赤いものが入っていた方がよろしかったような気がしましたけど」

よし乃の部屋着は遊女が身につけるにしては確かに地味である。黒の地に鼠色の麻の葉模様、襟の鶯《うぐいす》色が僅かな華やぎだった。

「わっちは赤い色は嫌やざます。血の色に見えて気色が悪うざます」

ふっくらとした丸顔をしているが、眼と唇に、きりりと締まったものが感じられる。武家出の妓という触れ込みは、よし乃に酔狂な客を呼び寄せる効果がある。

「昔からそうなんでございますか」

「え？」

よし乃はつかの間、怪訝な眼になった。

「いえ、お屋敷のお嬢様でいた頃も赤い色の入ったお召し物はお嫌いでしたか」

「……」

「お武家のお嬢様は人にもよりますけど、町家の娘さんより派手なものをお召しになる時がありますから……」

おとせは気後れを覚えながらも話を続けた。

「幼い頃は母親が人並みに赤い着物を着せたがるもんでござんしょう。わっちは烏《からす》の子でもあるまいし、昔から真っ黒い着物ばかりを着ていた訳じゃありいせんよ」

「烏の子……」

おとせは呆気に取られ、ついで弾けるように笑った。喜蝶が何を下らないことを喋る、という顔で、おとせを見た。

「それじゃ、よし乃さんが赤い色を嫌やがるようになったのは、やはり海老屋に来てからになるんでしょうね。お気の毒に……」

「おとせさん、何が言いたいざます。わっちは人から同情されなんすは反吐《へど》が出るほど嫌やざます。わっちは自分が可哀想だと思ったことは、ただの一度もありいせん。訳知り顔で喋るのはよして下っし」

ぴしりとよし乃はおとせを制した。「これ」と喜蝶がよし乃をいなした。

「申し訳ございません。つい余計なことを喋ってしまいましたよ。あたしは岡っ引きの女房をしていた女ですから、何かあるとすぐに首をつっ込みたくなるくせが抜けないんでございますよ。よし乃さん、堪忍して下さいね」

殊勝に謝ったおとせに、よし乃の表情が僅かに和んだ。

「おとせさんは、わっちに何かあると言いなんすか」

「ええ、ちょっと……」

おとせは喜蝶をちらりと見て言葉を濁した。

「構いいせん。言いなんし」

つっと膝を進めたよし乃に、おとせは吐息をついた。

「世が世なら、あたしはよし乃さんとこんなに間近にお話しなんてできない立場でございましょうね。まして、よし乃さんのお胸の内を詮索するなんぞは、僭越《せんえつ》の極《きわ》みというものでしょうよ」

おとせは半ば自棄のように言った。

「回りくどい。はっきり言いなんし」

「ここは自身番じゃあござんせん。白状しろ、いや、しないというものじゃないんですが、海老屋は客商売でございますので、他のお客様のご迷惑になることは避けなければなりませんでしょう」

「どんな迷惑が掛ると言いなんすか」

おとせが、よし乃のきつい視線にたじろいだ時、喜蝶は「昨夜の三人組のことざます。あの連中はお前の知ったお人だね」と口を挟んだ。

「花魁、わっちは知りいせん」

よし乃は頑なに否定する。だが喜蝶も負けてはいなかった。

「わっちの眼を節穴と思いなんすか？　昨夜のお前の様子はただごとじゃなかった。わっちはお前が心配で心配で」

「……」

「花魁のおっしゃる通りですよ。花月のご亭さんはお久さんに知らせて、八丁堀の役人にも繋ぎをつけるとおっしゃったんです。あたしは、そうなったら大事になりそうな気がして、ここは一つ、よし乃さんのお気持ちを聞いてみたいと思ったんですよ。昨夜の客は春風さんの殿様のご家来を捜しておりました。さあ、よし乃さんは、あの三人組の客に殿様のご家来のことを話すのか、それとも殿様のお屋敷に使いをやって、気をつけるように告げた方がいいのか、あたし、そこんところをよし乃さんに伺いたいんです」

おとせがそう言っても、よし乃はしばらく返事をしなかった。おとせの拵えた部屋着を黙って触っていた。

「わっちはどちらにも話すつもりはありいせん」

よし乃は独り言のように呟いた。喜蝶はその拍子にくろを放り出した。くろは驚いて箪笥《たんす》の上に駆け上がった。

「お前がそうでも、あの三人組は承知しないだろう。あいつ等は薩摩訛りがこの海老屋に来ていたことに当たりをつけているざます。どこまでも知らぬ存ぜぬで通せるとは、わっちでも思いいせん」

「わっちは通しいす」

よし乃は唇を嚙み締めて強く言った。

「さすがよし乃さんだ。そう、それが一番、利口なやり方だ」

おとせは感心したように声を上げた。

「おとせさん、何を馬鹿な」

喜蝶は呆れたようにおとせに言った。

「花魁、お武家のことはあたし達にはわかりません。あたし達が一番問題にするのは、海老屋で騒ぎを起こさせないことでしょう？　三人組に春風さんの殿様のご家来のことを話せば、殿様が迷惑をします。きっと殿様は海老屋を恨みに思うことでしょう。かと言って、向こうのお屋敷に知らせをやれば、向こうは殺《や》られる前に殺ってやるとばかり、徒党を組んでこの海老屋に乗り込んで三人を退治しに来る。どっちにしろ、海老屋が迷惑を被《こうむ》ることになる。そうですよ、よし乃さんの策が一番ですよ。ああ、あたしはやっぱり下々《しもじも》の生まれだから、頭が悪い。どうしてそこを思いつかなかったものか」

　おとせはこめかみの辺りを拳で突いて大袈裟に顔をしかめた。おとせの言葉によし乃の表情が動いた。よし乃もどうしたらよいかと悩んでいた様子である。しばらく沈黙が続いた後で、よし乃は決心したように顔を上げ「花魁、聞いて下っし……」と口を開いた。

「春風さんの旦那のご家臣は、松野五郎麿《ごろうまろ》様とおっしゃいます。松野様はお国許の家老が賄賂《まいない》を受け取っていることを知り、江戸のお殿様に注進に及ぶためにお国許を抜け出したのです。でも、松野様が江戸に到着する前に江戸藩邸には歪曲された手紙が届き、逆に松野様は謀叛者の汚名を着せられてしまわれたのです」

　その時のよし乃は、なぜか廓言葉《さと》ではなかった。喜蝶とおとせは黙ってよし乃の口許を見つめていた。

「昨夜見世に揚がった三人は討手です。三人は松野様のお命を奪わなければお国許には戻れませぬ。わたくしはあの中の星野又兵衛《またべえ》様とは許婚《いいなずけ》でございました」

「一番若い侍ざますね？」

　喜蝶がよし乃の手を取って訊いた。よし乃の瞳には膨れ上がるような涙が湧いていた。

「わたくしは江戸藩邸でご奉公しておりました。参覲《さんきん》交代の折に親しく話をする機会があり、周りの方のお勧めもあり祝言の約束を交わしていたのです。松野様がお国許を出たのは三年前です。星野様と他の二人は家老の命令を果たせねば、国許へは戻れず、裏店暮らしをして松野様の行方を探っていたのです。しかし、一年も経つと懐のものが心細くなり、また江戸のお屋敷にも、そうそう無心はできず、ついに……」

よし乃はそう言って袂で口を覆った。よし乃は愛《いと》しい星野に呼び出され、女衒に売られて海老屋に来たのである。三人はよし乃を売った金で糊口《ここう》を凌《しの》いでいたのだろう。むごい話であった。

「ですが、春風さんの旦那のお屋敷にご奉公することができた松野様は、海老屋にお越しになった時、そっとわたくしに真実を訴えました。わたくしはとても驚きました。でも、もう後の祭り。わたくしにはどうする術《すべ》もありません。星野様にしても、ただご家老の命《めい》に従っているだけです。ですから、わたくしはどちらにも加勢できないと申しておるのです」

よし乃はそう言って声を上げて泣いた。喜蝶はよし乃の背中を撫でながら、やり切れないような顔をした。その眼にも涙が溢れていた。

「花魁、後の月にはよし乃さんを匿《かくま》いましょう」

おとせは昂《たかぶ》った声を上げた。

「どうすると？」

「八丁堀の役人に連絡して、あの三人を大門の中に入れないようにするんですよ。お武家のことなんて、あたし等には関係ありませんからね。よし乃さんをこんな目に遭わせているお武家なんて、くそ喰らえですよ」

「ほんに……」

喜蝶も涙を流しながら相槌を打った。

五

後の月は九月十三日の十三夜。八月十五日に登楼した客は、この夜も登楼する者が多い。

遊女達の衣裳も冬物となり、海老屋の中も、いよいよ秋めいて感じられた。

紋日のこの日、海老屋はいつものように客の応対に忙しかったが、主の海老屋角兵衛も、お内儀のお里も表情は堅かった。

当初、吉原廻りの役人に三人組の武士の始末を頼んだのだが、役人はそれを断った。なぜなら、町方役人は町人を取り締まる立場の人間で、藩に所属する武士を取り締まることができないからだ。脱藩した武士に討手が掛けられるのも、よくあることだという。

おとせは自分の短慮を恥じた。岡っ引きの女房だったのに、なぜ、そこに気づかなかったのだろう。どうにも札《ふだ》の切りようがなく、喜蝶はよし乃を懇々と諭して、三人組の事情を角兵衛に告げさせた。角兵衛の驚きたるや、あるものではなかった。

さっそく春風の許に手紙をしたため、春風の口から松野五郎麿に仔細が伝えられた。

松野は仕える今の主に迷惑が及ぶことを慮《おもんぱか》り、単独で討手達に立ち向かうという返事があった。その態度に誰しも潔いものは感じたが、一人と三人では、いかにも分《ぶ》が悪い。それを察したのか、吉原廻りの役人達は表向き手を出さず、事態を静観するという形で待機することになった。廓内で騒ぎになれば、関係のない客が怪我をする恐れもある。そのためにも捕物装束に身を固めた役人達が、仲ノ町のあちこちで目立たないように見張るのだ。

その日、松野五郎麿は早くから海老屋を訪れ、袴の股立《ももだ》ちを取り、襷《たすき》掛《が》けをして身仕度を調え、海老屋の内所に座っていた。

三人組が花月を出たと知らせを受けたら、見世ではなく、待合《まちあい》の辻《つじ》で三人組と対決する手筈になっている。よし乃は蒲団部屋に押し込まれた。星野又兵衛の顔を見て、妙な心持ちになっては困ると海老屋角兵衛の指図であった。

喜蝶は新造、禿を引き連れて、花月に花魁道中に出た。その夜も三人組は「仕舞」をつけた。おとせは、三人組が松野五郎磨を討つ大義名分はあるというものの、探索が長きにわたる間、彼等の気持ちが荒《すさ》んでいたようにも感じていた。海老屋に揚がって松野の情報を仕入れるにしては前の時は騒ぎ過ぎている。海老屋に揚がる掛かりが、よし乃を犠牲にすることで購《あがな》われていることを、もはや考えてはいないように思えた。

そうでなければ、遊女を一日買い切る仕舞など、つける必要はないはずだ。吉原仲ノ町の人々は、これから起こることなど微塵も感じたふうはなく、外八文字で悠々と歩みを進める喜蝶の艶姿《あですがた》に見惚《みと》れていた。

花月で小半刻（約三十分）経つと、喜蝶の一行が出て来た。

おとせは喜蝶に断りを入れて、喜蝶の部屋の連子《れんじ》窓から外の様子を眺めていた。取り込みが終わったら、すぐに、よし乃へ知らせに行く約束をしていたからだ。

花月から出て来た喜蝶の顔は青ざめて見えた。中空にぽかりと浮いた月のせいでもあったろうか。後ろから、ほろりと酒に酔った三人組が爪助の冗談に声高に笑っている。

呑気なものだと、おとせは小意地の悪い気持ちで三人組を見ていた。すぐさま、通りを行き交う人々は短い悲鳴を上げて、一斉に引手茶屋の軒下に逃れた。

松野五郎麿が海老屋から走り出たためだ。

二階から見下ろしていると、その様子はなぜか緊迫したものが感じられないので、おとせは妙な気分だった。おとせは喜蝶と、喜蝶を庇《かば》った筆吉を見ていたせいかも知れない。

松野は腰の刀を抜き、三人に構えた。その刀の切っ先が、月の光できらりと光った。

遊女屋に登楼する武士は、腰の刀を引手茶屋に預ける決まりになっている。三人は慌てて刀を取りに行こうとしたが、松野の刀は、それより早く二人の男の背中を袈裟掛けに斬った。

おとせも悲鳴を上げたが、それはしゃがれたような声でしかなかった。ただ一人、刀を取りに戻った男が鞘から抜いた刀で松野に向き直った。若い男である。

恐らく、それがよし乃の許婚であった星野又兵衛なのだろう。その構えからして、松野の方に分があるのは、おとせの眼にも明らかだった。

星野は果敢に松野に斬りつけ、案の定、あっと言う間に、胸を突かれた。星野はその場に呆気なく倒れた。

おとせは部屋を出ると蒲団部屋に走った。

襖の前で「よし乃さん、今、星野様が……」と、声を掛けた。心ノ臓がどきどきと音を立てている。

「斬られた……斬られたと言いなんすか？」

よし乃の籠ったような声が聞こえた。

「はい……」

「開けておくんなんし」

よし乃はそう、おとせに言った。

「でも……」

勝手に開けることは禁じられている。おとせはどうしてよいのかわからなかった。

「もう、事は済んだざますね？　それなら、わっちがここにいるのも、もはや用のないこと」

よし乃の言葉に、おとせはそれもそうだと合点がいき、二階廻しの仁助を呼んだ。仁助もやはり逡巡した表情である。

「お久さんに聞いて見なけりゃ」と言う。「お久さんは外にいるのよ。ぐずぐずしていると、お侍達は始末されてしまう。あの三人組は、よし乃さんがいたお屋敷の人なんだよ。最期ぐらい……」

おとせの胸にこみ上げるものがあった。仁助はおとせの涙に、はっとしたように蒲団部屋の鍵を開けた。よし乃は脱兎のごとく部屋から出ると、凄い勢いで階段を下りた。そのまま、裸足で外に走った。

喜蝶の部屋の連子窓から、よし乃の後ろ姿が見えた。藤色の地に秋の草花をあしらった大振袖である。他の振袖新造は派手派手しい赤地の着物が多かったので、その時のよし乃の装いが妙に人目に立った。

「又兵衛様ァ！」

いつもは低いよし乃の声が、その時だけ甲高かった。松野の前で芋虫のようにもがいていた男は、よし乃の声に顔を上げた。

その表情は、切ないような、哀しいような、辛いような、それでいて安心したような。よし乃は倒れた男を掻き抱き、声を上げて泣いた。

人垣が二人を中心に輪になっている。よし乃の月見は片月見にならなかったと、おとせはぼんやり思っていた。

ふと、視線を見世の玄関先に移せば、薄絹がお久と寄り添うように立っていた。貰い泣きする薄絹をお久が宥《なだ》めているようにも見えた。張り見世の清掻《すががき》の三味線もぴったりとやみ、吉原仲ノ町は、よし乃の泣き声だけが、おとせの耳に聞こえるすべてだった。

六

「しかし、侍ってェのも大変なもんだねえ」

凧助は菓子屋竹村伊勢の店座敷に腰掛けて、ゆっくり茶を飲み干すと、そう言った。

江戸町二丁目の角に竹村はある。この間までは月見の飾りつけをしていたのに、今はそれも姿を消して、店座敷には菊の花が活けられていた。菊の花は仏臭い花だが、竹村の店座敷で見るそれは、豪華で気品があり、まるで別の花のようにも感じられる。

正面の長押《なげし》には菓子の注文主の半切《はんせつ》が何枚も下がっていて、その中に「海老屋薄絹殿」の名前が読めた。

「よし乃さん、さぞお辛かったでしょうね」

おとせも低い声で言う。許婚だった男が返り討ちに遭って命を落としたのだ。よし乃の気持ちは察するにあまりあった。

海老屋のお里の使いで竹村を訪れると、ちょうど店の前を通り掛かった爪助と出くわしたのである。二人は竹村の亭主の勧めもあって、店座敷の隅で茶を飲むことにした。爪助と話をするのは、蕎麦屋の長寿庵以来である。

「だんびら振り回したところは凄いもんだった。今しも、こちとらの耳がそぎ落とされるんじゃねェかと、はらはらしたものさね。松野様が、あの三人組を斬った時なんざ、言うに言えねェ嫌やな音がしてよ、あちきはあの夜、眠られなかったものさ」

「そうですねえ……」

おとせは手に持った湯呑に視線を落としながら相槌を打った。

「何んだよ、おとせさん。浮かねェ顔だよ。もうけりはついたんだ。くよくよしたって始まらないよ」

　爪助はしみじみとおとせの顔を覗き込む。

「あたし、よし乃さんがあの三人組をさぞ恨んでいたのだと思っていましたよ。でも、最後の最後によし乃さんは許婚だった人に縋りついていたじゃありませんか。あれを見たら、あたし、何んだか訳がわからなくなって……松野様に三人組のことをお知らせしたのが、果たしてよかったのかどうか、悩んでいるんです」

「よし乃はどっちにも加勢しねェと言っていたそうだからなあ」

「ええ……」

「しかし、何んだ。あの三人組もこれで、ほっとしているかも知れねェよ」

　そう言った爪助を、おとせは怪訝な表情で見た。

「死んでほっとしている人なんているかしら」

「だってよう、あいつらは松野様を何んとかしなけりゃ、国には帰れなかったんだろ？　そいで吉原に来て冥土の土産に仕舞をつけて馬鹿騒ぎしたんだろう？」

「ご亭さんは、そんなふうに考えていらしたんですか……」

　おとせの声が低くなった。おとせはそこまで考えが及ばなかったようだ。

「まだ続きがあるんだぜ」

爪助は悪戯っぽい顔でおとせに言った。

松野五郎麿は三人組を斬った後、その仔細を仕える旗本の主に話したそうである。主はよし乃に大いに同情を寄せ、春風の手前もあったろうが、よし乃を落籍して妻に迎えたらどうかと言ったらしい。松野もその申し出をありがたく受けた。ところが、よし乃は首を振ったという。人の道に外れることだと。自分は星野のために海老屋に来たが、星野に騙された訳ではない。納得してそうしたのだ。たとえ、松野の行為が士道にかなったことであっても、自分は星野を裏切ることはできない、星野の許婚で生涯を終えたい、と。

よし乃の言葉に、さすがの海老屋角兵衛も異を唱えることができなかったという。

おとせは深い吐息を洩らした。

「お武家の娘さんですねえ」

「ああ。見上げたもんだよ、屋根屋の褌《ふんどし》ってもんだ」

爪助は下品なたとえを遣った。おとせは、きゅっと爪助を睨んだ。

「本当にここは、色んな人がおりますねえ。あたしなんてまだまだですよ」

まだまだ人生の修業が足りないと、おとせは思った。

「そうだよ。うちの嬶ァの剣突に尻尾巻いて逃げてちゃいけねェよ。ちゃんとね、ちゃんと啖呵《たんか》を切るようじゃなきゃ……」

爪助の話はまた、横道に逸れる。花月のお浜のことを気にしているようだ。

「啖呵を切るだなんて、そんなことできる訳がありませんよ。向こうは花月のお内儀さんだし、あたしは嘘も隠れもないお針の分際でございますからね」

おとせは半ば自棄のように言った。

「手前ェに非がなけりゃ、誰に何を言われたって怖くなんてあるもんか。それとも、おとせさんは、あちきのことで何か心に思うところがあるのかい？」

おとせは周りを見回して肘で爪助の脇腹を突いた。

「いてッ」

「もう、冗談はいい加減にして下さいましな。あたしは確かにご亭さんを頼りにしておりますよ。でも、それがお内儀さんに誤解されたとしたら、やっぱり、あたしにもいけないところがあったんですよ」

「そいじゃ、もうおとせさんは、あちきと話をしてくれねェってことかい」

爪助は拗《す》ねたような物言いになる。おとせはくすりと笑った。

「ご亭さんとあたしは仲のいいお友達ですよ。あたしがこの吉原にいる間は頼りにしておりますから」

おとせは取り繕うように朗らかに言った。

爪助はにッと笑って「恩に着るよう」と、おどけて応えた。

「何んだよ、こんな所で油売って！」

外からお久が厳しい声をおとせに浴びせた。

傍には薄絹が寄り添うように立っている。二人は竹村の前を通り掛かって、おとせと爪助に気づいたようだ。

薄絹はお久をいなすように「いいから」と、お久の着物の袖を引いた。

「お久さん……いえね、うちのお内儀さんの用事でこちらに来ましたら、偶然、ご亭さんにお会いしたんですよ。あいすみません。すぐにお見世に戻りますから」

おとせは慌てて腰を上げた。お久はふん、と鼻であしらうと黙ってそのまま先へ進んだ。

薄絹がすまないねえ、と困り顔をおとせに向けてから後に続いた。

「おかしいわねえ、あの二人。夜は喧嘩ばかりしているのに、昼間は滅法、仲がいいんですよ。この間は湯屋に一緒に行ったところも見たし……」

おとせは腑に落ちない顔で呟いた。

「湯屋に一緒に行ったって不思議はないやね。あの二人は親子なんだから」

凧助は訳知り顔で応えた。おとせは「えっ？」と言ったきり、絶句した。よし乃のことより何より、薄絹とお久が親子であることが、おとせの度肝《どぎも》を抜いた。

凧助は驚いたおとせの顔にからからと塩辛声で笑い「さて帰ろうか」と促した。

吉原はすっかり秋の気配である。来月はもう、大火鉢を出す玄猪《げんちょ》の日がある。おとせが吉原に来て一年が過ぎた勘定だ。時の早さを感じた。凧助はおとせを海老屋の前まで送ると「また逢引《あいびき》しようや」と笑った。おとせは凧助の腕を加減もなくどやした。妓夫の筆吉が竹箒を使う手を止め「お安くねェですね、お二人さん」と言った。

くくり猿《ざる》

一

日本橋の上槙町で岡っ引きの女房として暮らしていたおとせが、亭主の死後、吉原の遊女屋海老屋にお針として住み込んで一年が過ぎた。

海老屋は江戸町二丁目にある大籬《おおまがき》の遊女屋である。籬とは見世の土間と張り見世をする座敷の間の格子のことで、見世の格式によって違いがあった。すなわち大籬（惣籬《そう》）は上まですべてが格子になっている見世であり、半籬（交《ま》じり籬）の場合は、上の四分の一ほどが開けてある。惣半籬は下の半分ほどが格子で上は開いていた。惣半籬は小格子《こごうし》、小見世《こみせ》とも呼ぶ。一番格式の高いのが大籬であることは言うまでもない。

引手茶屋からの呼び出しにより仲ノ町を道中する呼び出し昼三《ちゅうさん》のいる遊女屋は大籬と半籬に限られた。ちなみに呼び出し昼三とは昼三分、夜三分の揚《あ》げ代《だい》を取る遊女を意味し、昼夜合わせると一両二分という勘定になる。

呼び出し昼三の遊女は大籬でも一人か二人で、後は呼び出しをしない平《ひら》昼三、座敷持ち、部屋持ち、妹格の振袖新造、年季を終えて再度奉公している番頭新造、禿《かむろ》などがいる。吉原五町で遊女と呼ばれる女達はおよそ二千人を数える。

海老屋の呼び出し昼三は薄絹と喜蝶の二人であった。

季節は霜月《しもつき》に入り、八日の蜜柑《みかん》投げに備え、海老屋には紀州産の蜜柑の箱が運び込まれていた。蜜柑投げは火災除けのまじないとして毎年行われるものである。海老屋の主、海老屋角兵衛が見世の庭に蜜柑を投げ、遊女達ばかりでなく、奉公する女達がこぞって拾うのだ。おとせもその日がくることを大層楽しみにしていた。

町家の女房だったおとせにとって、吉原で過ごした、この一年は賑やかで刺激的な毎日であった。最初、おとせは浅草寺の裏手の田圃にある吉原まで、男達が足しげく訪れる様子を、半ば呆れたような気持ちで眺めていた。

駕籠《かご》で行くにせよ、猪牙舟《ちょき》で行くにせよ、吉原は通うのに不便な場所である。にも拘《かか》わらず、男達はひと夜の夢を求めて訪れる。大枚の金を毟《むし》り取られるのを承知で。男とは馬鹿な金の遣い方をするものだと心底思った。

しかし、お針として遊女屋に奉公するおとせもまた、馬鹿な金の遣い方をする客の恩恵を受けて暮らしているのである。それを考えるとおとせは複雑な気持ちになった。金銭に対する感覚が以前と少し変わって来たと思う。お金は額に汗して働いて得るものと信じていたおとせであったが、この吉原では時に太っ腹な客によってご祝儀というものが廻って来る。それは何んの苦労もせずに手に入る金だった。お針の手間賃より高額なこともある。

もちろん、ご祝儀が入れば嬉しいが、どこか理不尽であるという思いが、おとせには拭い切れなかった。

そんな胸の内を引手茶屋花月の主、花月亭爪助に話しては世間知らずだと笑われていた。爪助はおとせの話を親身に聞いてくれる数少ない男の一人である。この町に知り合いもいないおとせは爪助を頼りにしていた。

慶長の頃の江戸には、今の吉原のようなまとまった傾城《けいせい》町はなく、各町に分散していたという。麴《こうじ》町《まち》と鎌倉河岸に十四、五軒、大橋の内柳《うちやなぎ》町に二十軒ほどの遊女屋があったらしい。

何んでも麴町の遊女屋は京都の六条傾城町から引っ越して来たものであり、鎌倉河岸の方は駿河《するが》府《ふ》中《ちゅう》の弥勒《みろく》町から来たものだったそうだ。大橋の内柳町の遊女屋の主だけは江戸者だったらしい。

慶長十年（一六〇五）に江戸城の普請が始まると、内柳町の場所は幕府の御用地として没収され、遊女屋は日本橋銀《しろがね》町の辺りに引っ越しした。

慶長十七年（一六一二）、小田原出身の遊女屋の主、庄司甚内《しょうじじんない》（後に甚右衛門と改名）は幕府に傾城町の取り立てを願い出た。各町に分散している遊女屋を一箇所にまとめた方が江戸の町の発展にも、遊女屋を生業《なりわい》にする者にとっても都合がいいと考えたからだ。

吉原の前身、元吉原《もと》は庄司甚内の尽力により堺町《さかいちょう》の東に設置された。今でも住吉町と難波町の間の通りから小伝馬町二丁目、三丁目の通りを大門通《おおもんどお》りと呼ぶのは、その頃の名残りである。元吉原の場所には葭《よし》や茅《かや》が繁っていた。甚内はそれに因《ちな》み葭原《よしわら》という地名で呼び、葭原は後に吉原となったのである。

時代が下って明暦二年（一六五六）、吉原町の町役人は奉行所に呼び出され、傾城町の移転を命じられる。葭や茅の生い繁る辺鄙《へんぴ》な場所も江戸の町の発展とともに町の中心に位置するようになったからだ。そうして吉原は現在の場所に移された。

そういう話をおとせに教えてくれたのも凧助であった。

しかし、凧助はある夜、酔っていたせいもあったろうが、自分の見世の階段を踏み外し、左腕を折ってしまった。腰も強く打ったようで、とても商売ができない状態になった。

　凧助は吉原を出て、浅草・今戸《いまど》の寮《りょう》（別荘）の方で静養しているという。おとせは凧助のことを海老屋の妓夫《ぎゅう》をしている筆吉から聞かされた。大層心配したが、花月に出かけて行って凧助の女房のお浜に仔細《しさい》を訊《たず》ねることはできなかった。お浜は、おとせと凧助の仲を疑っていたからだ。

　凧助のいないせいで、楽しみにしていた蜜柑投げの時も、さほど心は浮き立たなかった。二つばかりの蜜柑を拾っただけである。筆吉は気の抜けたようなおとせを心配顔で見ていた。

二

　凧助が吉原を留守にしている間におとせの周りでは大きなでき事が持ち上がった。高利貸しをして財を築いた盲人の検校《けんぎょう》が喜蝶を身請《みう》けしたいと海老屋角兵衛に申し出て来たのだ。その検校は江戸に夏が訪れた頃から喜蝶の馴染みとなった客である。大層な羽振りで紋日《もんび》に喜蝶へ仕舞をつけてくれることも度々だった。仕舞とは一日遊女を買い切ることである。

　検校が喜蝶を身請けするために差し出す金は千両とも噂されていた。しかし、肝心の喜蝶はどこか浮かない顔をしていた。

おとせは無理もないと思った。喜蝶は筆吉と将来を誓い合った仲なのである。

喜蝶は年を越せば二十六で、二十七の年季明けまであと僅かである。晴れて筆吉と所帯を持つ日を夢見ていた。ここに来て、いきなりの身請け話に大いに戸惑っている様子であった。


夜が明けた吉原では居続けた客と後朝《きぬぎぬ》の別れを惜しむ遊女が大門口《おおもんぐち》の辺りで何組も目につく。

お針の部屋で誰よりも早起きなのはおとせである。さっさと身仕度をして顔を洗い、口を漱《すす》ぎ、さっぱりした気分で近くを散歩するのがおとせの習慣でもあった。散歩のついでに京町の奥の九郎助稲荷へ詣《もう》でて凧助の回復を祈っていた。もっとも九郎助稲荷は縁結びの神様なのでご利益のほどはあてにならない。

それでもおとせは何かせずにはいられなかった。

おとせが海老屋に戻った時、筆吉は見世の前を竹箒を使って掃除していた。いったい筆吉はいつ寝るのだろうと、おとせは不思議に思うことがある。朝早くから夜遅くまで筆吉の仕事は途切れがなかった。

「お早う、筆吉さん」

おとせはわざと明るい声を掛けた。息がそれとわかるほど白い。吉原は一日ごとに冬に向かっているようだ。

「お早うございやす。お稲荷さんへお参りですかい」

筆吉は竹箒の手を止め、気さくな様子で訊いた。

「ええ。寒くなりましたねえ、筆吉さんも朝起きが辛いでしょう？」

おとせは筆吉をねぎらう。綿入れ半纏を羽織っているが、筆吉の恰好はどこか寒そうに感じられた。

「なあに」

筆吉は埒《らち》もないという顔で薄く笑う。

「筆吉さん、あの……」

おとせは幾分、声をひそめて筆吉の傍《そば》に寄った。筆吉はおとせが何を話したいのか呑み込んでいる様子で「花月のご亭《て》さんのお見舞いにはいらっしゃらねェんですか」と、わざと話題を逸らすように訊いた。

「ご亭さんのことは気になっておりますよ。でも、あたしがお見舞いに出かけては花月のお内儀さんがお喜びにならないと思って遠慮しているんですよ」

「病人の見舞いぐらい遠慮は無用でしょう。小万姐さんは娘さんに会いに行った時にご亭さんの所に寄って来たと言ってましたぜ」

「まあ、小万さんが」

小万は海老屋の内芸者をしている。娘が一人いて、月に一度ほど会いに行っていた。

「折った腕よりも腰の方に往生している様子だそうです。ですが口の方は相変わらずで、姐さんが行った時、なかなか帰してくれなくて困ったと言っておりやした。おれもついでの時に見舞いをしてェとは思っておりやすが、どうも暇がなくて……」

「でも、お内儀さんが時々、様子を見に行っているのでしょう？」

「さて、花月のお内儀さんも見世の方が忙しいんで、どうですかねえ」

「だってご亭さんの身の周りのことがあるじゃないですか」

「近所の婆さんが飯炊きと洗濯をしに通っているそうです。夜はご亭さん一人でしょう」

「可哀想に」

おとせは俯いて低い声で言った。

「可哀想だは惚れたってことですかね」

筆吉は茶化すように言う。

「そんなことより、筆吉さんはどうなの？　このままでいいの？」

おとせは顔を上げるとむきになって言った。

一瞬、言葉に窮した筆吉だったが「いいも悪いもありやせん。うちの親仁《おやじ》と客が決めることに、おれが口を挟《はさ》める訳もありやせんよ」と応えた。

「………」

「おとせさん、これが吉原《なか》ですよ。笑ってやっておくんなさい」

筆吉は皮肉な笑みを洩らして掃除の続きを始めた。俯いた筆吉は奥歯をきつく嚙み締めた様子である。横顔は寂し気だった。

三

薄絹と遣り手のお久は相変わらず夜になると口喧嘩が絶えなかった。

お久と薄絹は実の親子だという。お久もその昔、遊女屋で花魁を張っていた女であった。

お久は経験があるだけに薄絹に対する評価は手厳しい。喜蝶の派手な身請け話を聞かされて内心、穏やかではいられないのだ。

薄絹も新川の酒問屋の主からの身請け話があるのだが、敵方《あいかた》は、この頃は商売が忙しいのか、さっぱり海老屋に登楼する様子がない。苛々《いらいら》が募《つの》っている時にお久から、いらぬ差し出口をされると、なおさら頭に血が昇るのだ。

十五日の紋日には仕舞をつけてくれる客も見つからず、薄絹は仕方なく身揚りとした。

自分で仕舞をつけるのである。その掛かりは、もちろん薄絹の借金に加算される。

そんな薄絹が歯がゆくて、お久はつい、小言を言ってしまうのだろう。気がつけば二階から二人の甲高い声が聞こえている。その度に仲裁に行くのは筆吉だった。

その日も喜蝶に比べて客の登楼が少ない薄絹をお久は詰《なじ》ったらしい。遣り手は遊女達の監督をする役目もあった。

「へん、花魁の馴染みは紋日にも訪れず情《じょう》なしなものだ。悠長《ゆうちょう》に天紅《てんべに》のついた手紙を送ったところで敵は屁とも思わない。小指でも髪でも、ばっさり斬って驚かしてやるがいいんだ。呑気にしているから喜蝶に上客を横取りされるんだ」

お久はやけに威勢のいいことを言って薄絹をけしかける。無沙汰の続く客に小指を詰《つ》めたり、髪を切って送ったり、客の名を腕に入《い》れ墨《ずみ》するのは遊女達の手管《てくだ》である。そういう思い切ったことをしなければ、この節の客はおいそれと吉原に足を運ぼうとしないのだ。

「喜蝶さんの客とわっちは関係ないざます。何を見当違いなことを言いなんすか。祝儀が思うように集まらねェので、そねェな悪態口《あくたいぐち》を叩きなんすか。ええ、了簡《りょうけん》ならねェ」

薄絹はさも肝《きも》が焼けたというように口を返した。夜見世の時刻にはまだ早く、客も傍にいなかったのが幸いであった。そんな薄絹の様子を客が見たら百年の恋もいっぺんに冷めるというものだ。おとせは喧嘩が始まった時から、あれこれ宥《なだ》めたのだが、二人は一向に聞く耳を持たなかった。早く筆吉が来ないかとおとせは気を揉んでいた。

「憚《はばか》りながら、こちとらは客の祝儀と台の物の掠《かす》りで身を立てているんだ。花魁の不景気はたちまち、こちとらの不景気となっちまうのさ。そこんところ、よう肝に銘じておくれでないか。わたいは花魁の詰めが甘いと申しておるのさ」

「詰めが甘かったら何んとする」

「はいさ、最前からくどく何度も小指やら髪やらと……」

「すんなら、おまはんが腐《くさ》れ女郎《じょろう》をしていた時に小指詰めなんしたかえ、髪を切りなんしたかえ？　その皺々《しわしわ》の五本の指には付《つ》け指《ゆび》もありいすのかえ？」

実の母親となれば思い切った言葉も吐けるのだろう。腐れ女郎、皺々の指などと、普段の薄絹から想像もできないほど小意地の悪い言葉が続いた。お久が言葉に窮した時、足早に階段を駆け上がって来る足音がした。筆吉がようやく来てくれた。おとせは心《しん》からほっとした。

筆吉は薄絹とお久の間に割って入り「よしなせェ」と、語気を荒らげた。

「花魁、花月から呼び出しが掛かりやした。すぐにご用意を」

筆吉は間《ま》のいいことに薄絹の客の登楼を告げた。お久の顔に安堵の色が見えたのを、おとせは見逃さなかった。やはり親子である。

「あ、ほんに？」

薄絹も救われたような顔になり、急ぎ足で自分の部屋に戻って行った。それを潮に二人の周りを取り囲んでいた遊女達も引き上げた。

喜蝶は障子を細めに開けて様子を窺《うかが》っていたが、騒ぎが収まると静かに障子を閉めた。

お久は何かぶつぶつ呟きながら火鉢の火を掻き立てている。いつもの筆吉なら、そこでお久に二言、三言、言葉を掛けるのだが、その時は何も言わずに階下に行ってしまった。

喜蝶の部屋の前でおとせは閉じた障子を黙って見つめていた。喜蝶は何を考えているのだろうと思った。しかし、中に声を掛ける勇気はなかった。

踵を返して自分もお針の部屋に戻ろうとした時、障子が静かに開き「こう、おとせさん」と、喜蝶の声が聞こえた。

「花魁……」

「お入りなんし」

「でも、もうすぐ夜見世が始まりますし……」

喜蝶は髪の飾りはまだ挿していなかったが、すっかり用意を調えていた。

「ほんのちょっと……少しおとせさんと話がありいす」

「そうですか？　それじゃ……」

おとせは遠慮がちに喜蝶の部屋に入った。

喜蝶は自分の部屋の他に客を迎える座敷を二つ持っていた。部屋の中では火鉢の傍で喜蝶付きの振袖新造のよし乃と番頭新造の高橋が座っていた。高橋は部屋持ちの遊女として年季を終え、その後、改めて番頭新造に収まった女である。豊富な経験を生かして喜蝶の陰になり日向になって世話を焼いている。

今の高橋はほとんど客を取らず、裏方に徹していた。

「ちょいとおとせさんに話がありいす。座を外しておくれ」

喜蝶は二人にそう言った。よし乃と高橋は顔を見合わせると、すぐに部屋を出て行った。

取り込みの済んだ廊下からは禿のたよりとみどりがお手玉をする可愛い声が聞こえた。

「花月のご亭さんの様子はいかがでありいす？」

喜蝶は床の間を背にして火鉢の前に座ると、おとせに訊いた。

「小万さんの話では腕よりも腰を打ったことの方が辛いらしゅうございます」

「年寄りは怪我をすると治りが遅くて困りいす。ご亭さんは若い若いと言われても、来年は本卦《ほんけ》返り。ほんに心配ざます」

喜蝶は火鉢の炉扇《ろせん》で灰をならしながら心配そうに言った。

「ご亭さんの笑い声が聞こえないと寂しいものですね」

おとせも溜め息の混じった声で言う。

「あい。いつもいるお人がいないのは忘れ物をしたような気がしいす。おとせさんも今戸の方へお見舞いに行きなんしたかえ」

「いいえ、それがまだ……」

おとせが応えると喜蝶は意外そうに眉を上げた。

「ご亭さんが寂しがっておりいすよ」

「ええ……でも、何んとなく気後れがして遠慮しておりました」

「花月のお内儀さんの眼が怖いざますか」

喜蝶は真顔になって訊く。おとせは返事の代わりにふっと笑った。

「ご亭さんが花月に戻って来なんすまで、わっちがここにいるかどうかわかりいせん。もしも、このまま、おさらばえとなりいすなら、いっそ心残りざます」

喜蝶は火鉢に視線を落として低い声で続けた。

「では、花魁は年内に廓を出て行くことになるのですか」

「どうやら、そういうことになりいす。おとせさんにはお世話になりいした」

「あたしは何も……お世話になったのは、あたしの方ですよ」

「筆さんのことでは色々、気を遣って貰いなんした」

「筆吉さんには何んとおっしゃったのですか」

喜蝶が筆吉の名を出したので、おとせは早口で訊ねた。喜蝶は力なく首を振った。

「何も……話したところで埒《あ》は明きいせん。いつか、こんなことになるような気もしておりいした。その通りになっただけざます」

「身請けを断ることはできないのでしょうね」

おとせは声をひそめて訊いた。

「おとせさん、世間知らずだねェ。わっちがそんなことをしいしたら、この吉原中の笑い者になりいす。わっちの身請けにより見世には大層な実入りがありいす。たよりやみどり、よし乃や高橋の身にも拘わって来るというものだ。わっちの勝手は許されることじゃおっせん」

身請けが、もはや自分だけの問題ではないことを喜蝶は充分に承知していた。

「春になったら、よし乃は部屋持ちになりいす。わっちの旦那は、その掛かりも引き受けなんした。わっちはそれを聞いて覚悟を決めたざます」

喜蝶は淡々とした口調で続ける。悩みに悩み抜いて、ようやくふっ切れたという表情だった。

「でも筆吉さんは気落ちしておりましたよ。あたしに、これが吉原です、笑っておくんなさいだなんて皮肉を言ってましたけどね」

「そねェなことを言いなんしたか……あの人らしい」

喜蝶は遠くを見るような眼で言った。

「でも、あの人は強い男だ。わっちがいなくても気丈に生きてゆける……吉原に売られて海老屋であの人の顔を見た時、わっちは心からほっとしいした。あの人はずっとわっちの心の支えだった」

喜蝶と筆吉は生まれ在所が同じの幼なじみであった。見知らぬ江戸に出て来て、懐かしい顔に出会ったことは、どれほど喜蝶の心を癒したことだろう。それは筆吉も同じであったと思う。いつしか二人の心は堅く結び合っていた。しかし、遊女と妓夫の恋は廓では御法度。筆吉は喜蝶とそれ以上の拘わりになることを自分に戒《いまし》めていた。目の前に二人の別れが迫っていた。おとせは切なさが込み上げ、胸が張り裂けそうな気がした。

「花魁、花月にお客様がお着きだそうです。そろそろ……」

高橋が廊下から遠慮がちに声を掛けた。

「あい……」

「お邪魔致しました」

おとせはそう言って腰を上げた。喜蝶に背を向けた時、不覚の涙がおとせの眼からこぼれた。おとせは喜蝶に悟られないように、そっと涙を拭った。

内所で角兵衛が神棚に柏手を打つ音が聞こえた。それから縁起棚の鈴を鳴らす。内芸者の小万が三味線で見世清掻を始める。海老屋の夜見世の始まりであった。

四

吉原の大門の外に出て、日本堤を山谷堀《さんやぼり》沿いに進んでいくと、大川の少し手前に今戸橋が架けられている。その今戸橋を渡ると、通りを挟んで西側は寺が連なり、東側は町家の家並《やなみ》が続いていた。爪助が静養している寮は立派な松の樹《き》が目印だと、内芸者の小万がおとせに教えてくれた。おとせは自分で拵《こしら》えた寝間着といい、くくり枕《まくら》を持って爪助の見舞いに出かけたのだ。海老屋のお内儀には親戚の所へ行くと断って来た。

寝間着は替えが幾つあってもいいと思ったし、くくり枕は箱枕よりも病人は寝やすい。くくり枕の端に、おとせの得意のくくり猿を付けた。四角の布を二枚合わせて袋にし、中に綿を入れ、四隅を足に見立てて一つに括《くく》る。別に頭をつけて猿の形にしたものである。

　吉原では遊女の蒲団に、このくくり猿が縫い付けられていることが多い。客を引き留めるまじないだという。おとせは海老屋に来てから古参のお針に作り方を教わった。でき上がった猿が可愛くておとせは夢中になった。もう数え切れないほど拵えたと思う。禿達の手遊びのおもちゃに与えたこともある。たよりは毎晩、それを握って眠るので紅絹《もみ》の表面が手垢で黒ずんでいた。

　黒板塀が続く家々では、どこが凧助のいる寮なのか見当をつけるのが難しかった。連なる家はどこも妾宅のように粋な風情がある。

　松、松と胸の中で唱えながらおとせは歩いたが松の樹を植えている所は存外に多かった。

　通りを行ったり来たりして半ば途方に暮れた時、黒板塀の中から端唄をうたう嗄《しわが》れた声が聞こえて来た。おとせの胸は弾んだ。

〽鐘が鳴りました〜　忍ぶ恋路にせき立つ胸を〜　え〜じれったい　夜の雨〜

塀と塀の間の、少し奥まった所に表戸のある家だった。表戸の横には庭に通じる枝折戸《しおりど》があった。爪助は狭い庭に出て、赤や黄の小菊を眺めながら端唄を口ずさんでいた。左腕を鼠色の布で首から吊っている。おとせは枝折戸の前に立つと、そんな爪助を見つめた。

松の樹は、あるにはあったが立派と呼ぶほどのものではなかった。小万は何を大袈裟なことを言ったのだろうと訝しい気がしたが、爪助が覚つかない足取りで前に進んだ時、陰になっていた盆栽の棚が眼に入った。

そこには見事な枝振りの五葉松《ごようまつ》が鎮座していた。自分の早とちりにぷっと噴いた時、爪助の視線がこちらに向けられた。

「あちきは夢を見ているのかねえ。そこにいる色っぽい後家さんがおとせさんに見えて仕方がないよ」

「ご亭さん、お久しぶりです」

おとせは小腰を屈《かが》めた。爪助はゆっくりと枝折戸に近づいて来て、その戸を開けた。

「上がってくれるんだろう？」

心細いような顔で訊く。

「ご亭さんのお邪魔でなかったら」

おとせは悪戯っぽい顔で笑った。凧助も安心したように破顔すると、躊躇なくおとせの手を取った。あれ、短い声が出た。慌てて通りを振り返り、人がいないことを確かめていた。

「あちきのような爺《じじ》ィの見舞いに来るのに人目を気にしてくれるなんざ、嬉しいねえ」

凧助はいつもの調子で言う。袷《あわせ》の上に綿入れ半纏を重ねた凧助はそのまま、縁側のついた座敷へおとせを促した。

「あたしが、あまりちょろちょろしては、お内儀さんが余計な気を遣うと思いまして遠慮していたんですよ。お見舞いが遅れて申し訳ありません」

おとせは風呂敷包みを解き、中から寝間着と枕を出して言った。凧助がふっと笑った。

くくり枕についているくくり猿に眼を留めたのだ。

「恋は小岩《こいわ》と下手な洒落《しゃれ》、ってか？」

くくり枕とくくり猿をそんなふうに洒落のめす。

「あい、お気に召しましたでしょうか」

「ありがとよ。嬶《かか》ァに、そいつは誰が拵えたのだと胸倉摑まれそうだよ」

爪助の言葉におとせは、あっと思った。お針をしている身では見舞いの品も派手なことはできない。おとせは海老屋の養子の福助が去年まで着ていた浴衣をお内儀のお里から貰い受けていた。福助は背丈がずんずん伸びて、もうその浴衣では間に合わなくなり、仕立て直しするにしてもきれが足りなかった。

お里は、おとせの息子にでも着せておやりよ、と言って気前よくくれたのだ。絞《しぼ》りの浴衣は上物であった。まだそれほど生地も傷んではいない。おとせは浴衣をほどくと洗い張りして行李《こうり》にしまっておいた。当初は息子の鶴助のためにと思っていたが、この度、爪助の見舞いをするに当たり、ふと思いついて、ひと晩で寝間着を縫ったのだ。

しかし、それを見た爪助の女房が何んと思うかまでは考えが及ばなかった。おとせは迂闊《うかつ》な自分を恥じた。意気消沈したおとせに爪助はにやりと笑い、「冗談だよ。あちきにだって贔屓《ひいき》はいるわな。その贔屓から見舞いの品が届いたところで、うちの嬶ァが悋気するものかいな。あい、おかたじけ。見舞いの品、恩に着るよ」と言った。

「本当ですか？　本当に大丈夫？」

　おとせはそれでも心配であった。

「相変わらず素人《しろうと》さんだね」

　凧助はそんなおとせに笑った。座敷は余計な家財道具がなく、あっさりとしている。柱も天井も荒っぽい造りである。だからなおさら、部屋の広さが目立った。奥の座敷は襖を開け放しているが、突き当たりの腰高障子は閉められていた。凧助は縁側の座敷の障子を閉めると、代わりに腰高障子を細めに開けた。

　障子に遮られて、切り取られたような大川が見えた。それから凧助はゆっくりとおとせの傍に戻って来ると瀬戸火鉢の灰を掻き立て、茶道具を引き寄せた。おとせは慌てて「あたしがやりますよ」と、凧助を制した。

　遊女屋や引手茶屋が寮を構えているのは、奉公人が病に倒れた時、そこに移して静養させるためである。商売柄、病人や怪我人を客の目に晒《さら》さない配慮でもあった。また、火災が起きた時の避難場所としても使われる。吉原は十年に一度の割合で火災に見舞われる。

　もっとも遊女屋の主は火事が起きると見世を燃えるにまかせる。その方が仮宅《かりたく》の営業が許されて吉原よりも太い商いができたからだ。

凧助は元、桜川《さくらがわ》凧助という名で幇間《ほうかん》をしていた。お浜の父親に気に入られて花月に婿に入った男である。その時、幇間をやめるつもりで桜川の名を師匠に返上した。

しかし、凧助の贔屓が吉原に訪れて、昔と同じように芸を所望したものだから、またぞろ幇間としてお座敷に出るようになったのである。それから見世の名を取って花月亭凧助を名乗っていた。

「どうだい、何か変わったことでもあったかい」

凧助は自分のいない間の吉原の様子を気にしている。

「ええ……」

おとせは低い声で肯いた。

「喜蝶さんに身請けのお話があるんですよ」

凧助に茶の入った湯呑を差し出しておとせは続けた。

「安浦《やすうら》検校だろ？」

凧助はあっさりと言う。

「ご存じだったんですか」

「そりゃ、ご存じもご存じだよ。あちきは仲介役の引手茶屋の親仁だよ」

何をいまさらという感じで爪助は応えた。

「まあ、ごもっともですよね」

おとせは、またも迂闊な自分に恥じ入った。

「それで何かい？　おとせさんは筆の字と喜蝶のことで、その薄い胸を痛めているってことかい」

爪助は訳知り顔で言う。

「薄い胸は余計ですよ……でも、その通りですよ。あたしは喜蝶さんと筆吉さんが可哀想でたまらないんです」

おとせは茶を啜って応えた。

「こればかりはしようがないやね。喜蝶の身請けに五百両、他の女郎達に皆、仕舞をつけて、奉公人、引手茶屋に祝儀を出し、赤飯を配り、仕出し屋から料理を取って別れの酒宴を開くとなれば千両もの金が動くわな」

「そうですってねえ。喜蝶さんは覚悟を決めたようですが、筆吉さんは心底、落ち込んでいるようでした。もっとも、あの人のことですから顔には出しませんけれど……もしかしてご亭さんが吉原にお戻りになる前に喜蝶さんは海老屋を出て行ってしまうかも知れませんせん」

「ほう、そんなに急な話なのかい」

「ええ……」

「筆の字は大丈夫かな」

ふと爪助が洩らした言葉におとせは不安になった。

「大丈夫って、筆吉さんはしっかりしている人だから当たり前じゃないですか」

「そうは言ってもなあ、こういう時、男は、からっきし意気地がないもんだからなあ」

「喜蝶さんがいなくなったら筆吉さんはどうなるとご亭さんは考えているんですか」

「すっかり腑抜《ふぬ》けになっちまうとか」

「……」

「まあ、そん時はあちきがひと肌脱いで、筆の字を慰めてやらあな」

「早く戻って来て下さいましな。あたしも心細くてやり切れないんですよ」

「嬉しいなあ。おとせさんにそう言って貰えるなんざ。うちの嬶ァ、雷にでも当たってぽっくり逝《ゆ》かねェかな。そしたらあちきは堂々とおとせさんを後添えに迎えるのによ」

「馬鹿なことはおっしゃらないで下さい。縁起でもない」

おとせはぷりぷりして爪助を叱った。しかし、爪助の口吻《くちぶり》には冗談に紛らわせて本音が混じっているように感じられた。庭に出て、端唄をしみじみうたっていた爪助の横顔は寂しそうだった。

「ご亭さんも早く腕と腰が治るように頑張って下さいましな。病は気からと申しますでしょう？」

「あい。意地は気でもつ、気は意地でも〜つ、とくらァ」

爪助は節《ふし》をつけてうたうように応えた。そうそう、おとせも相槌を打った。折った腕は骨が固まったようだが、これから曲げたり伸ばしたりして、元に戻るにはもう少し時間が掛かりそうだという。それよりも小万が話していたように腰の調子の方が悪いらしい。階段を落ちた時に腰の骨がちょいとずれてしまったようだ。そちらも骨接《つ》ぎの医者に診て貰っていた。

帰り際に爪助は「また顔を見せておくれよ」と哀願するような顔でおとせに言った。おとせは笑顔で応えた。

爪助は通りに出て、去って行くおとせを長いこと見送ってくれた。日本堤を歩いていた時、暮六つの鐘が聞こえた。おとせは長居したことに気づき、小走りに大門に向った。

五

身請け証文之事

一、其《そ》の方抱えの喜蝶と申す傾城、未だ年季の内に御座《ござ》候《そうろう》処《ところ》、我等娘分に貰《もらい》請《う》け度《た》く、申し入れ候得ば承引致され、則《すなわ》ち樽代金差し出し、我等娘分に貰請け申し候実正也《じつにしょうなり》。尤《もっと》も右之喜蝶諸親類共々引受け、少しも如在《にょざい》致しさせ申す間敷《まじ》く候、若《も》し不縁にて、其元へ相戻し候はば、右の喜蝶金子二百両相付《あいふ》し、勿論衣類手道具相添へ、貴殿方へ相返し申す可《べ》く候、其の時異議申し間敷く候

一、御公儀様御法度に仰《おお》せ付けさせられ通り、江戸御町中は申すに及ばず、脇《わき》之《の》料理茶屋幷《ならび》に道中はたご屋に於《おい》て、総《すべ》て遊女商売が間敷き所へかたく差し置き申す間敷く候、若《も》し、左様の処に差し置き申し候はば、御公儀様へ仰せ上げられ、何分にも御懸《かか》り有る可く候、後日の為、女貰い証文仍《よっ》て件《くだん》の如し

文化九年申十一月十五日

日本橋材木町二丁目

貰主　清兵衛　印
揚屋町増田屋
請人　善六　印

角兵衛殿

身請け証文とは、おおよそ、そのような書式で交わされるものであると、爪助はおとせに教えてくれた。貰い主が清兵衛になっているのは、安浦検校が世間を憚り、仮の貰い主を立てたからである。また、請け人が揚屋町の増田屋善六になっているのは、本来は花月の爪助の名が記されるところであったが、爪助は怪我のために増田屋の主に請け人の代理を頼んだからであった。

もはや、喜蝶の身請けは逃れられないことであった。海老屋は春風に続き、喜蝶の落籍と、吉原五町の中で大籬の貫禄を充分に見せつけていた。

引け四つ（午前零時頃）の柝《き》が鳴り、海老屋にようやく静寂が訪れた頃、二階の部屋から、けたたましい悲鳴が上がった。それと同時に女達の声が覆《おお》い被《かぶ》せるように続いた。

おとせはすぐに物音に気づいたけれど、朋輩《ほうばい》のお針は白河夜舟であった。禿のたよりの激しい泣き声がする。どうやらたよりは疳《かん》の虫が起きて消し炭を食べてしまったようだ。

おとせは寝間着の上に半纏を羽織ると、そっと寝床から抜け出した。廊下に足を踏み出した時、素足の裏にひやりと冷たさが感じられた。

二階の喜蝶の部屋の前では二階廻しの仁助や番頭新造、振袖新造、それに泊りの客が集まって大変な騒ぎであった。たよりの口の中へ指を入れてまだ残っている消し炭を取ろうとするも、たよりは頑固にそれをさせない。

高橋の指を強く噛んで、高橋は色気のない悲鳴を上げた。

「高橋さん、無理をしてはいけませんよ」

おとせは傍に寄って低い声で制した。他の遊女達の中には、おとせがまたもお節介しに来たのかという顔をする者もいた。しかし、喜蝶はほっと安心したように短い吐息をついた。喜蝶は、二人の子供を育てたおとせの経験を買っていた。

「畏れ入りますが、他の皆様はお部屋にお戻り下さいまし。周りが騒ぐとたよりちゃんが落ち着きませんので」

おとせはたよりを胸に抱き寄せると、覗き込んでいる者達にそう言った。皆んなは心配そうな表情をしながら、それでも引き上げて行った。ようやく静かになると、おとせはたよりを抱いたまま、暖かい部屋の中に入り、桜紙をたよりの口許に持って行き「はい、いい子だからぺっぺしましょうね」と言った。たよりはようやく口の中の味に気づいたようで顔をしかめて唾を吐き出した。白い唾の中に黒い炭の粉が大量に混じっていた。それから口を漱ぐ時の半挿《はんぞう》を持って来て貰い、ぬるい湯で何度もうがいさせた。途中、たよりはこほこほと咳き込み、その度におとせは優しくたよりの背中を撫でてやった。

　たよりが落ち着くと、途端に喜蝶は声を荒らげて小言を始めた。おとせはそんな喜蝶を眼で制した。

「たよりちゃんは何か気がかりを抱えているんですよ。うまく口で説明できないから、こんなことをしてしまうんです。叱っても駄目ですよ。ようく訳を聞いてやれば、わかってくれますから」

　おとせは静かな声で言った。喜蝶の今夜の客は四つ（午後十時頃）で帰ったらしい。

　それから床に就こうとした矢先にたよりが事を起こしてしまったのだ。

「たよりは花魁が海老屋を出て行きいすのが寂しくて心細くて……これからは薄

絹花魁の所に行かされるかも知れぬとあやはに脅されて恐ろしがっておりいした」

振袖新造のよし乃がそう言った。あやはは薄絹付きの禿だが、たよりよりもずっと年長である。知恵が回る分、意地悪も巧妙で、幼いたよりはすぐに騙されてしまうのだ。

薄絹は禿達に厳しい面があった。

「あのあやは、了簡ならない」

喜蝶は甲走った声を上げた。

「花魁、堪忍して下さいましな。あやはちゃんが薄絹花魁に折檻されます」

おとせは慌てて言った。

「もう、それならどうしいす。毎度、こねェなことが続けば精も切れ、わっちの身体がまいってしまうざます」

「あたしがあやはちゃんにようく言い聞かせますから」

「相変わらずおとせさんは子供には優しいねえ。これ、たより、そろそろお床《とこ》にお入りなんし」

喜蝶はおとせに抱かれたままのたよりに言った。たよりは首を振った。

「この子は……」

「花魁、たよりちゃんが眠るまで、こうしておりますよ。よし乃さんも高橋さんもお疲れですから、どうぞお休みなすって下さいまし」

おとせがそう言うと、よし乃と高橋は顔を見合わせ「花魁、そうさせていただいてよろしゅうございますか」と、高橋は遠慮がちに訊いた。

「あい。お休みなんし」

喜蝶は不服そうな声で、それでも応えた。

二人が出て行くと、喜蝶は火鉢の縁に肘《ひじ》を突いて「おとせさんとこうしてしみじみ話をしいすのも、これが最後でありんしょう」と言った。おとせは喜蝶の顔を見た。その表情は穏やかだった。

「こんな機会を作ってくれなんしたから、たよりにはお礼を言いんしょう。たより、おかたじけ」

喜蝶が言うと、おとせの腕の中のたよりは、くくっと低い声で笑った。

「おとせさん、わっちにくくり猿の作り方を教えて」

喜蝶はふと思い出したようにおとせに言った。

「まあ、くくり猿を？　でも、花魁にはもうお蒲団にそれをつける必要はありませんでしょう？」

身請けされて吉原を出て行く喜蝶に、他の馴染み客からぼちぼち祝儀の品が届いていた。その中には真新しい夜具もあったのだが、遊女達が使う派手な積み夜具と違い、質素で清潔な感じがした。もちろん、客を引き留めるまじないのくくり猿もついてはいなかった。

「検校はお泊まりなんした時、くくり猿に触ると大層喜びなんした。眼のご不自由な方でありいすので、そういう物がお気に召したようで……」

「花魁がお作りになってお蒲団につけようと？」

「ええ」

喜蝶はそう言って心なしか頬を染めた。

喜蝶は他の遊女達のように何から何までお針に世話をさせようとしない女だった。

海老屋の遊女達の中には湯に入る時に使う糠袋《ぬかぶくろ》までお針に拵えて貰う者もいた。手間賃が入るのでおとせも嫌やとは言わないが、内心で、こんな物ぐらい自分でやればいいのにと思うことがある。喜蝶は暇を見て糠袋を拵え、その中に鶯《うぐいす》のふんを混ぜた糠を入れて使っていた。鶯のふんは肌を滑らかにする効果がある。お蔭で喜蝶の肌は陶器のようにすべすべである。部屋持ちや座敷持ちの遊女から、わっちにも拵えてと頼まれるようだ。喜蝶は、自分でお作りなんし、雑《ぞう》作《さ》もないこと、ぴしりと言う。

それを聞いたおとせは胸がすくような気持ちだった。

「くくり猿の指南など、お安いご用ですよ」

おとせはふわりと笑って喜蝶に応えた。

「ああ、嬉しい」

喜蝶は無邪気に喜んだ。筆吉への思いを完全に振り切った訳ではないだろう。これから世話になる安浦検校に真心を尽くすことで、それを忘れようとしているのだ。とろとろと眠気の差してきたたよりの様子を眺めながら、その夜、おとせはとうとう筆吉の名を出すことができなかった。

六

喜蝶は十一月の晦日に海老屋を出て行くことが決まった。安浦検校は海老屋の遊女達に惣花《そうばな》（惣仕舞）をつけた。見世には花びらの形をして、蝶足のついた洲《す》浜台《はまだい》と呼ばれる台に松竹梅を飾り、五十両包みの小判が積まれた。それには「身請け金」「金千両」の短冊も下げてあった。登楼した客は洲浜台に目を留めると誰しも感歎の溜め息を洩らした。

祝儀の品も山と積まれ、芸者、幇間を集めた別れの酒宴も華々しいものだった。

海老屋が賑やかであるほど、おとせの胸はしんしんと冷えるような気がした。妓夫の筆吉はいつもと微塵も変わることなく仕事に励んでいた。その健気な様子がおとせの胸を打つ。

凧助の不在が今更ながら恨めしい。詮のない愚痴でも聞いてくれる者が傍にいたなら、どれほどおとせの心は慰められただろうか。

喜蝶はおとせに教えられたくくり猿を山ほど作った。それに得意の糠袋もたくさん拵え、この時ばかりは他の遊女達にも配って喜ばれていた。

後は大門口から駕籠に乗り、芸者、幇間、遣り手につき添われて日本堤の終わりまで見送られる晦日を迎えるばかりであった。

この時は凧助も外に出て喜蝶を見送るという知らせが花月から届いていた。

その二、三日前から江戸に地震が起きていた。おとせは大地震に繋がらないかと大層心配していた。月の初めに少し大きな地震が起こり、江戸では多数の怪我人が出たという。幸い、吉原ではさして被害もなかったし、息子夫婦の所も無事だったので、おとせも安心していたのだ。

人々が地震に気を取られていたせいでもなかっただろうが、晦日まで九日と迫った夜、おとせは火の見櫓の半鐘《はんしょう》の音を聞いた。

ちょうど五つ（午後八時頃）を過ぎたばかりの頃だった。人々がすっかり寝入っている時刻でなかったのが幸いだった。とはいえ、半鐘はすり半鐘といって、ごく至近距離が火事場であることを示すものだった。

客が残っていた海老屋は、たちまち大騒ぎとなった。おとせが外に出て見ると西河岸の向こうの空が夕焼けのように真っ赤に染まっていた。

「火元は龍泉寺町《りゅうせんじちょう》らしい」

「風は北向きだ、こいつは吉原《なか》もやられるかも知れねェ」

足早に仲ノ町を通り過ぎる客の声がおとせの耳に届いた。吉原は田圃の中にある町だが、大門から西側には道がついていて、その道は下谷の龍泉寺町まで通じている。

遮る物がなく、しかも北風や西の風が吹けば吉原まで火の手が回って来ないとも限らなかった。

海老屋ではすぐに避難の準備が始まった。福助が火事に興奮して、意味不明の奇声を発していた。角兵衛がそれを宥めていた。おとせはお針の部屋に戻ったが、そこも大風呂敷に蒲団やら、反物やらを詰め込むお針達で、大騒ぎであった。おとせは常日頃から、いざという時に持ち出す身の回りの物を小さな行李に入れていたので、お針達の横からそれを引き出すと廊下に出た。

行李の中には風呂敷を入れていた。風呂敷で行李を包んで背中に括ると、大急ぎで二階に上がった。

遣り手のお久は腰を抜かしていた。おとせはすぐさま薄絹の部屋に寄ってそれを伝えた。薄絹は、はっとした表情になり「あい、ご親切様。おっ母さんはわっちが連れて逃げんすから」と、はっきり言った。薄絹は初めてお久のことをおっ母さんと呼んでいた。それに感動する暇もなく、おとせは喜蝶の部屋を訪れた。

「花魁、早く逃げて下さい。もうすぐこちらに火の手が回ります」

「おとせさん、たよりを頼みんす」

喜蝶は切羽詰まったような顔で言った。

「わかりました。みどりちゃんは？」

「みどりは高橋が連れて行きいす」

「では、確かにたよりちゃんを」

おとせは寝間着の上に三枚ほど着物を重ねられたたよりの手を取った。

「おとせさん、拝《おが》みんす」

喜蝶はおとせに向かって掌《て》を合わせた。

階下の内所に寄ってたよりを連れ出す旨を伝えようとしたが、角兵衛もお里も福助を宥めることで精一杯で、おとせの声に振り向こうともしなかった。

「いいかい、決してあたしから離れるんじゃないよ」

見世の外に出ると、おとせはたよりに言った。たよりはこくりと肯いた。

「あ、おとせさん、今戸のご亭さんの所に行きなせェ」

筆吉が見世の道具を外に運び出しながらおとせに叫んだ。そう言った途端、仲ノ町の通りを挟んだ江戸町一丁目の花月から火の手が上がった。いきなり火が点っいたように見えた。おとせはごくりと唾を飲み込むと「筆吉さん、喜蝶さんのこと頼みますよ」と、見世の土間に足を踏み入れた筆吉の背中に声を掛けた。

振り向いた筆吉は白い歯を見せておとせに微笑んだ。

「浅草から来《き》んした客がこの間、龍泉寺町の方で火柱が立ったのを見たと言いなんした」

衣紋坂《えもんざか》を歩きながら、たよりはそんなことをおとせに喋った。まるで火事が起きることを予想したかのような言葉だと思った。

おとせの前方から纏《まとい》持ちがやって来た。その後ろは梯子を抱えた火消し達だ。しかし、火消し達は、まともな消火はしないだろうと思った。暮から正月は仮宅であろうか。そうなれば誂えたような火事だ。おとせは皮肉な気持ちで日本堤に出ると、たよりを抱え上げ、今戸の爪助の許《もと》に急いだ。

取りあえず、爪助の許に行けることが、その時のおとせにとって何より心強いことだった。

爪助は寮の前に大提灯を出して通りを明るくしていた。他の町家もそれは同じだった。大提灯の傍で爪助は寒そうに立っていた。

「ご亭さん……」

おとせは爪助の姿を見ると、安心のあまり涙がこぼれた。

「よく来た、よく来た。おや、たよりも一緒かい。そうか、そうか。ささ、中へ入りなさい」

爪助は如才なく二人を中に促した。座敷では、ひと足先にやって来た花月の奉公人が炊き出しの握り飯を頬張っていた。おとせはたよりの手を取って座敷へ入って行った。「お世話になります」と、頭を下げると五人の奉公人は無事でよかったと口々に声を掛けた。しかし、その中にはお浜の姿がなかった。

「お内儀さんはまだこちらにお着きではないのですか」

そう訊くと、奉公人達は曖昧《あいまい》な表情で小首を傾げた。

「お内儀さんは皆さんとご一緒にお見世を出なかったのですか」

おとせの言葉が自然に尖《とが》った。たとえ、不満のあるお内儀といえども、こんな時は親身になって連れ出すのが奉公人の務めであろう。

「おとせさん、わたし等は早く逃げやしょうとお内儀さんに口が酸《す》っぱくなるほど申し上げました。だが、お内儀さんは大事な掛け軸だの、花瓶などを運び出さなければとおっしゃいまして、先に行けと急《せ》かすばかりで……」

手代の亀助がさも言い難そうに事情を説明する。

「あたしが海老屋を出た時には花月に火の手が回っておりましたよ」

そう言うと亀助はぎょっとした顔で周りの者と顔を見合わせた。おとせは炊き出しの握り飯を貰ってたよりに持たせると「ここに座っているのよ。ちょいと表の様子を見て来るから」と、言った。

凧助は通りをやって来る人々に眼を凝らしていた。凧助はお浜を待っているのだった。さほど夫婦仲がよくなくても、長年連れ添った女房である。心配しない訳がない。

「ご亭さん、お内儀さんの姿はまだ見えませんか」

　そう訊くと「何をやってるんだか。あいつは欲張りだから、隠していたへそくりでも引っ張り出そうとしているんだろう」と、こんな時でも冗談混じりである。

「あたし、戻って様子を見て来ますよ」

　おとせは凧助にそう言った。

「危ないよ、おとせさん。こっちにいた方がいい」

「いいえ、火の傍まで行きませんから。大門まで行って、途中、お内儀さんに出会いましたら、そのまま一緒に戻って来ますよ」

　いつもの凧助なら引き留めただろう。しかし、お浜を心配する気持ちがその時は勝《まさ》っていたようだ。おとせは大提灯で明るい通りを今戸橋へ向かって走った。

　日本堤は吉原から逃げる人々、火事見物に向かう野次馬が、ひしめくように往き交う。土手沿いの葭簀《よしず》張りの店は野次馬の懐を当て込んで、おでん、甘酒と触れ回っている。ぼやぼやしていたら、そこにも火の手が来ようというのに、こんな時でも金儲けに忙しいのだ。今戸橋から大門口までおよそ十町もの道程がある。おとせは不思議に疲れを感じなかった。火事がおとせの気持ちを興奮させていたのかも知れない。

日本堤を半分ほど来た時、おとせは息を呑んだ。吉原の辺りに巨大な火柱が立って見えた。

たよりが客から聞いた火柱は幻だが、こちらは紛れもなくうつつのことだった。おとせの膝はがくがくと震えた。海老屋の皆んなは無事に避難しただろうかと、それればかりが案じられた。

大門口の中に入ることはできなかった。

海老屋の主ばかりでなく、他の遊女屋の主達も見世が燃えるにまかせていた。類焼を防ぐために火消しが鳶口《とびぐち》を使って建物を壊すのさえ、わざとそうしているようにしか見えなかった。仮宅、仮宅、早くもその言葉が聞こえる。燃えに燃える吉原。さて今年は三の酉《とり》まである年だったろうか。

おとせは野次馬に背中を押されながら、ぼんやりそんなことを考えていた。三の酉のある年は火事が多いと言われていたからである。火の粉が降る。夜空に弾けるそれは、大川の川開きの花火よりも鮮やかにおとせの眼を射た。

七

一夜開けた吉原は一面が焦土と化していた。お歯黒溝《はぐろどぶ》の向こうにある田圃までよく見える。視界の向こうに、下谷の家並が見えたが、そこも炭のように黒々とした柱の骨組みだけが残り、白い煙が微かに立ち昇っている。

花月のお浜は夜明け近くになって、大荷物を背負い、ほうほうの態《てい》でようやく今戸の寮にやって来た。凧助はそんなお浜を詰ったが、仏壇の位牌やら、先祖伝来の掛け軸やらを燃やしたくないというお浜の気持ちは、おとせにもよくわかった。途中、何度も休み、知り合いの寮に寄ったりして刻《とき》を喰ったのである。

お浜は荷物を下ろしてから、握り飯で腹拵えし、おとせの淹《い》れた茶で喉を潤すと「あたしは少し横にならせていただきますよ」と言って二階に上がって行った。寮に身を寄せていたおとせには、特に何も言わなかった。このような緊急の時は助け合うのがお互い様と、お浜も心得ているようだ。

花月の奉公人の子供達も何人か集まっていたので、たよりは退屈もせず、なかよく遊んで貰っていた。

凧助は吉原の様子を見て来たいと言った。おとせはつき添って行くことにした。駕籠でも捕まえられたら、それに乗って行こうと凧助は言った。しかし、今戸橋まで来ると凧助はおとせを振り向き、悪戯っぽい顔で笑った。

「どうしました、ご亭さん」

おとせが怪訝な眼で訊くと「不思議だね、おとせさん。あちきの腰は痛くも何んともなくなったよ」と応えた。火事が起きた緊張が凧助の腰をしゃっきり伸ばしたようだ。

「やはり、病は気からですね」

おとせは含み笑いをし、無理をするなと言い添えて、二人は日本堤を吉原に向かったのだ。

無残な吉原の姿に二人はさすがに息を呑み、しばらく言葉もなかった。丸焼けになってしまうと、そこに何があったのか、どこの見世なのか見当すらつかなかった。凧助は何度も深い吐息をついた。

「また、一から出直しだァな」

独り言のように呟く。

「そうですね……」

おとせも静かに相槌を打った。

「誰に文句をつけようもねェな。火事なんだから仕方がない」

凧助は自分に言い聞かせるようにぶつぶつと続けた。

「海老屋の旦那さんもお内儀さんも無事に逃げたかしら。福助さんがわめいていたので、それを宥めるのに往生しておりましたから」

「形《なり》はでかくても、福助は赤ん坊と同じだからな」

少し頭の遅い福助を凧助も案じているようだ。

「どれ、今度ァ、海老屋の様子を見に行こうか……あれっ！」

凧助は振り向いた拍子に驚いた声を上げた。

「どうしました、ご亭さん」

「死人《しびと》が出たのかいな……」

凧助は眼を細めて海老屋のあった辺りを見つめた。おとせもそちらに視線を向けると、四郎兵衛会所の若い者が敷き藁《わら》を地面に被せているところだった。そこに死人《し》がいるから若い者が敷き藁を被せているのだと、おとせも合点がいった。

すると訳もなく身体が震えてきた。

「ご亭さん……」

「行こう、おとせさん。ついて来てくれ。あちきだって恐ろしいんだ」

二人は自然に手を取り、覚つかない足取りで敷き藁が被せられている所に向かった。

四郎兵衛会所の若い者は凧助とおとせを見ると無言で頭を下げた。地面に二枚の敷き藁。

それが人の身体の形に盛り上がっている。

その下にいるのは誰？　誰であってもおとせに与える衝撃に変わりはなかっただろう。

しかし、凧助が「仏は誰なんだい」と訊くと、若い者は低い声で「妓夫の筆吉と喜蝶花魁でさァ」と応えた。その瞬間、おとせの頭の中は真っ白になった。喉の奥から悲鳴が出た。凧助はそんなおとせを胸に抱き寄せた。

「おとせさん、落ち着いてくれ。頼むから」

凧助もそう言いながら震えていた。

「嫌やよ、こんなの。こんなことってある？　どうして、どうして二人は逃げなかったのよ」

おとせは爪助の胸を拳でどんどんと叩いた。

「筆吉は一旦は外に出たんですよ。ところが花魁がまだ二階におりやした。遣り手婆ァが腰を抜かしたもんで、薄絹花魁に手を貸している内に逃げそこなったんでさァ。どうせなら、あの婆ァが代わりになりゃよかったんだ」

若い者は小意地悪く吐き捨てた。京町の方向から着物の裾を尻端折りした海老屋角兵衛がやって来た。爪助に気づくと「ご亭さん、大変な目に遭いましたよ」と、しみじみした口調で言った。

「全くですな」

爪助は胸におとせを抱えたままで相槌を打った。泣き続けるおとせに「おとせさん、深川に仮宅を打ちましたから、もうすぐそちらに移れますよ。見世の妓《こ》の衣裳も灰になっちまったから、おとせさんには、これからひと働きして貰いますよ」と角兵衛は声を掛けた。

「旦那さん、筆吉さんと喜蝶さんが……」

おとせが涙声でようやく言うと「ああ。検校に何んとお詫びしてよいか……」と角兵衛は吐息混じりに応えた。こんな時でも客のことを第一に考える角兵衛が憎くて憎くてならない。悔しさにおとせは強く唇を噛んだ。

　爪助に促されて、おとせは敷き藁の前にしゃがんだ。爪助がそっとそれをめくった。

　仰向けの喜蝶と俯《うつぶ》せの恰好の筆吉。しかし、筆吉の右腕は喜蝶の肩に回されていた。まるで喜蝶を庇うかのように。喜蝶は眠っているだけのようにも見える。筆吉の左腕は自分の顔の前にだらりと伸ばされていたが、拳は堅く握り締められていた。

　その拳の間から赤い色が見えた。おとせはその瞬間、はっと胸を衝《つ》かれた。筆吉は喜蝶の拵えたくくり猿をきゅっと握っていたのだった。

　客を引き留めるまじないのくくり猿。喜蝶を引き留めるためのくくり猿。筆吉を引き留めるためのくくり猿……

仮宅かりたく・雪景色ゆきげしき

一

前年の霜月の末、火事に見舞われた吉原は、遊女屋のおおかたが仮宅《かりたく》に移った。仮宅とは吉原が焼失の時に限り、定められた期間、廓外《くるわそと》で営業することが許され、その仮の見世のことを言う。

深川門前仲町《もんぜんなかちょう》より櫓下《やぐらした》辺り、本所御旅弁天《ほんじょおたびべんてん》、松井町に仮宅を打つ場合が多い。おとせが奉公している海老屋の仮宅は深川の門前仲町になった。門前仲町は深川八幡の近くだから、普段でも人の往来は多いが、年の暮から仮宅の家並が建ち並んで、さらに賑わいを見せていた。

とはいえ、万事が略式の仮宅では見世の構えも竹格子に簾《すだれ》、格子の下も板張りに横桟《よこさん》を無造作に打ちつけているという按配。客の揚《あ》がった座敷は床の間も違い棚もなく、もちろん、遊女達の道具も置いていない。殺風景なことは、この上もなかった。

引手茶屋は仮宅の近辺に、これまた町家を借りて見世を出しているが、花魁はこの時期、引手茶屋への道中はしない。髪に挿す簪《かんざし》も吉原にいた時より少なく、衣裳もそれに合わせてやや簡素である。それでいて揚げ代は当たり前に取るので、見世の実入りは吉原にいるより大きいのだった。

永代橋を渡ってすぐの所にある仮宅は、江戸市中から吉原へ行くより便利な場所となり、訪れる客は引きも切らなかった。

遊女屋の主《あるじ》は正月元旦に遊女達に小袖を与えるのが恒例であった。そのために、お針のおとせは年内一杯、その仕事に忙しかった。

元旦だけは見世も休みとなる。初湯を浴び、見世の者すべてと蛤《はまぐり》の吸い物、屠蘇《とそ》雑煮《ぞうに》で祝った後、おとせは日本橋上槇町の息子夫婦の家へ顔を出した。ほぼ半年ぶりの宿下がりであった。

上槇町の裏店《うらだな》では息子の鶴助、嫁のおまな、二歳の才蔵がおとせを待っていた。おまなは二人目の子を身ごもり、ぷっくり膨《ふく》れた腹をしていた。

才蔵は、最初は人見知りをしたが、すぐに笑顔になって、おとせを安心させた。

「本当に大変でございましたね、おっ義母《か》さん」

嫁のおまなは火事に遭ったおとせにねぎらいの言葉を掛けた。鶴助はおせちを肴《さかな》に朝から徳利の酒を傾けている。翌日は初荷の準備に追われるので、のんびりするのも一日限りである。死んだ亭主の血を引いて鶴助は酒好きであった。

狭い裏店は掃除がゆき届き、神棚には新しい注連縄《しめなわ》を張り、小粒の蜜柑をのせた鏡餅を飾り、緑鮮やかなゆずり葉も花立てに挿《さ》してあった。小箪笥《こだんす》の上に置かれた小さな仏壇の扉も開けられ、そちらにも菊の花とお供えが飾られている。おまなはおとせがいない間も、神仏の世話をまめにやってくれていたらしい。

「見世の旦那様はすぐに仮宅を打ったし、花魁も新造も衣裳を焼いてしまったものだから、あたしは息つく暇もなく仕事に追われていたんだよ。ようやく、ここに帰って来てほっとしたよ」

おとせは才蔵をあやしながら応えた。

「二、三日、ゆっくりして行けばいいのに」

鶴助もおとせを気遣って言ってくれる。

「ありがとよ。だけど、明日は見世を開けるし、奉公人の手が足りないので、そうもしていられないのさ」

「明日はお勝《かつ》もこっちに来ると言っていたぜ」

お勝は鶴助の妹で、大工の棟梁《とうりよう》の息子の所へ嫁いでいた。

「そうかい。お勝は元気にしているかえ」

おとせはしばらく会っていない娘の様子を心配する。

「子供が生まれるそうだ。うちと同い年になるのかな」

鶴助はおまなの腹の辺りにそっと視線を投げた。その眼が優しそうだった。

「そりゃ嬉しいねえ。あたしは三人の孫のお婆ちゃんになるんだね」

おとせは眼を輝かした。

「それでね、おっ義母さん……」

おまなはつっと膝を進めた。

「お隣りが引っ越ししたので、今は空家になっているんですよ。ここで一緒に住むのは幾ら何んでも狭過ぎるし、おっ義母さんが隣りに住むのはどうかと、うちの人と相談したんですよ。もちろん、御飯は一緒に食べていただいて、寝る時だけ隣りってことですよ」

「お勝に言われたのよ。いつまでおっ母さんをよそに置いとくんだってね。兄さんが面倒見られないなら手前ェが引き取るなんて喋ってよ。そんなことをされた日にゃ、おれの顔がねェや。まあ、贅沢はできねェが、おっ母さんの喰う分ぐらいは稼げるからよ」

鶴助も言い添えた。

「でも……」

鶴助の気持ちは心底嬉しかった。しかし、海老屋を辞めたら給金が入って来ない。十両ほどの蓄《たくわ》えはあるが、そんな物は二、三年で遣い果たしてしまうだろう。鶴助は妹に言われておとせを引き取るつもりになったのだろうが、手代の身分では食べることさえ覚つかない。おとせはまだ隠居するつもりもなかった。おとせの気持ちを察した鶴助は猪口《ちょこ》の酒をくっと飲み干して話を続けた。

「うちの店の旦那がおっ母さんに仕立てをして貰えないかと言っているんだ。吉原でお針をしている腕なら是非とも頼みてェってよ。店にゃ毎日出なくてもいいそうだ。仕事は家でやって、でき上がった時に店に顔を出すだけだよ。隣りに住んでいれば、こっちも安心だし、才蔵の面倒も時々見てくれるだろ？」

鶴助は呉服屋に奉公している。店の針妙《しんみよう》の手が足りなくなり、そんな話になったようだ。

ありがたいことではあったが、何しろ急な話だったので、おとせはすぐに引き受けるとは言わなかった。海老屋もお針の仲間が火事で二人ほど火傷《やけど》を負い、しばらく仕事ができない状態である。これから春向きの衣裳の仕立てが立て込んで来るので忙しくなる一方であった。

それに凧助のことも気になっていた。

花月もまた、火事で見世の建物を全焼している。腕の骨を折り、腰の調子もよくないところへ、これから新しい見世の普請など、あれこれと仕事が山積みであった。

爪助の女房のお浜は、この機会に山谷《さんや》の料理茶屋に勤めている息子夫婦に声を掛け、見世に戻るよう頼んだらしい。息子夫婦は爪助の具合も悪いことだし、お浜の言うことに素直に従って門前仲町の見世にやって来た。息子はすでに三十を幾つか越えているので立派に分別もある。戻った早々から客に如才なく振る舞ってお浜を喜ばせた。

まるで糸の切れた凧だね、海老屋のお内儀のお里は居場所のなくなったような爪助をそんなふうに言った。

花月の内所では有頂天のお浜と息子夫婦と孫が賑やかで、調子のよくない爪助は放っておかれているという。古くからの贔屓の客に呼ばれた時だけ、得意の百面相をしたり、芝居役者の声色《こわいろ》を披露して座を盛り上げているが、お座敷がはねて自分の所に戻る爪助の後ろ姿は何んとなく寂し気に見えた。しかし、おとせも仕事に追われていたので、ろくに言葉を交わす暇もなかったのだ。

「とにかく考えてくれよな」

鶴助は思案顔したおとせに念を押した。

二

海老屋の仮宅では深川に住んでいた若い者を雇った。妓夫も見習いから修業して客引きをするようになるのだが、火事を機会に他の見世へ鞍替《くらが》えしたり、親許へ帰ってしまう者が続いた。急遽、二階廻しの仁助に客引きを任せ、友蔵《ともぞう》という若い者に二階の仕事を任せたが、友蔵は今まで板前をしていた男だったので遊女屋の仕来たりには疎《うと》かった。とにかく物知らずなことは呆れるばかりであった。

火事で亡くなった筆吉の存在が今更ながら海老屋にはこたえていた。筆吉は花魁喜蝶と手に手を取るように死んでしまった。二人は将来を誓い合っていた仲だったので本望《ほんもう》だったろうよと、凧助はおとせに言ったが。

松の内の仮宅はその夜も結構な賑わいだった。花魁喜蝶の抜けた穴を埋めようと呼び出し昼三《ちゆうさん》の薄絹は以前にも増して商売に精を出していた。薄絹は自分の母親のために筆吉と喜蝶が命を落としたと思っていたからなおさらだった。薄絹の母親のお久は遣り手をしていたが、この度の火事ですっかり元気をなくし、仕事を退《の》いていた。以前に遣り手をしていたお沢を呼び戻して、ようやく海老屋は遊女屋の体裁が調ったばかりである。お沢は来た早々から友蔵に小言三昧《こごとざんまい》であった。

「ねえ、おとせさん。あんた、筆吉と喜蝶のことは知っていたんだろ？」

お内儀のお里は上目遣いでおとせに訊いた。

おとせが内所に呼ばれ、角兵衛の羽織の綻《ほころ》びを繕《つくろ》うようにと言われた時のことだった。

角兵衛は酔った客に羽織の袖を引っ張られたという。おとせは内所に針箱を持ち込んで、さっそく手直しを始めた。

お里に訊かれて針を持つ手がつかの間、止まった。何んと答えてよいかわからない。

「お内儀さん、勘弁して下さいまし。あたしの口から申し上げることじゃございませんので」

おとせは俯きがちに、おずおずと言った。

「堅いことは言いっこなしだ。死んだ者のことじゃないか。だからって、おとせさんを責めるつもりはないよ。あたしはただ……」

お里は遠い眼になって神棚の辺りを眺めた。

「ただ？」

顔を上げたおとせは、お里の次の言葉を急《せ》かした。

「ただ、そうだったのかなって……」

「筆吉さんは、旦那様やお内儀さんの顔に泥を塗るようなことはしておりませんよ」

おとせは筆吉を庇《かば》うように甲高い声を上げた。

「わかっているよ。筆吉が見世の品物に手を付けるような男じゃないってことは」

お里の言葉がおとせの胸を刺した。喜蝶は海老屋の品物だったのかと。おとせは奥歯を噛み締めて縫物を続けた。表の生地は並の品物だが、裏はその何倍もの値がつきそうな極上の絹が使われている。とろりとした手触りは頼りないほど柔らかい。お里もここぞとばかり着物を新調した。裾模様の松の柄には豪勢な金箔が施されていた。

「あの二人、一緒に死ぬことができて本望だったろうよ」

お里はしみじみした口調で凧助と同じ台詞《せりふ》を呟いた。

「おっ母さん、火事は大丈夫ですか？　また、火事になりませんか？」

海老屋の養子である福助が心配そうな顔をして内所にやって来た。火事に遭ったことがよほど恐ろしかったのか、日に一度はお里に訊く。お里はうんざりした表情で「大丈夫だよ。そんなに何度も火事に遭ってたまるものかね」と応えた。

きれいに髪を結い、紋付・袴を身につけている福助は海老屋の生き看板でもあった。客に薄茶を点《た》てて運ぶ役目をしている。

「もう仕事はないのかえ」

突っ立っている福助にお里は続けて訊く。

「はい」

「そいじゃ、お座りよ」

「はい、座ります」

福助は律儀に応えて、お里の横へ作法通りに座った。頭の少し遅い若者ではあるが、茶の湯の稽古を長いこと続けているので所作がすっかり身についている。置物の福助人形によく似ているので福助と呼ばれていた。

「本日は薄絹さんのお客様の所へ花月のご亭さんも呼ばれました」

福助はお里にとも、おとせにともつかずに言う。

「ああ、久しぶりの凧の出番で張り切っていただろうよ」

お里は福助に茶を淹れながら応えた。

「友蔵さんは声色をご存じないようでした」

「え？」

お里とおとせは福助の言葉に顔を見合わせた。

「どういうことですか？」

おとせは呑み込めない顔で福助に訊いた。

「友蔵さんは花月のご亭さんに、お客様がお化けの話をしてほしいと伝えたんです」

「お化け？　凧は怪談話なんざしないよ」

お里は福助がまた、訳のわからないことを言い出したのかという顔をした。

「声色が怖いよに聞こえたのですね？」

おとせはすぐに合点がいって言い添えた。

「はいそうです。友蔵さんは花月のご亭さんにおでこをぴしゃりとやられて、怖いよじゃなくて声色だよとおっしゃいました。それから太鼓持ちを笑わせてどうするんだと、ぷりぷりなさいました」

福助の言葉にお里とおとせは声を上げて笑った。自分の話がうけたことに福助も喜んで一緒に笑った。

「ああおかしい。こんなに笑ったのは久しぶりだ」

お里は笑い過ぎて滲み出た涙を拭いながらそう言った。お里が福助を手放さない理由は、福助のそんな鷹揚《おうよう》な性格を好んでいるからなのだろう。嘘とおべんちゃらで塗り固められた遊女屋では福助の言葉が唯一、真実であるのかも知れない。おとせは時々、そう思う。

「花月のご亭さんは、おとせさんは元気にしているかと、わたしに訊ねました」

福助が機嫌のよい顔で続けると、おとせの胸はつんと疼《うず》いた。

「そら来た、愛《いと》しの君はおとせさんを忘れちゃいないね」

お里は茶化すように言った。

「お内儀さん、からかうのはよして下さいな」

おとせは慌ててお里を制した。

福助は湯呑の茶を啜り、あちっ、と呻《うめ》いた。

「おっ母さん、お茶はこんなに熱く淹れるものではありませんよ。快く客の喉を潤す、これ、茶の心です」

「はいはい。修業が足りませんで申し訳ござんせんね」

お里は深川の菓子屋「田村」の花びら餅を菓子皿にのせて福助とおとせに差し出した。

ほんのり桃色に染めた薄皮に牛蒡《ごぼう》の砂糖漬を挟んだものである。春の一時期だけに売り出される菓子である。おとせも手を止めて花びら餅を口に入れた。淡く上品な甘さが口中に拡がった。

「わたしは花びら餅が大好きです。まるで小梅さんのようです」

福助はぽっと頬を染めて言う。小梅は海老屋の内芸者小万の娘だった。福助は小梅に思いを寄せていた。

「そうかい、そりゃごちそう様。小梅も福さんが大好きと言っていたよ」

お里は福助をあやすように言った。福助は照れて、ぷっくりした掌で口許を覆った。その仕種が女形のようだった。

「さて、お前はそろそろ寝る時間だよ。よく寝ないと、また疳《かん》の虫《むし》が起きるからね」

お里は福助を急かした。火事が起きた時の常軌を逸したような福助のことを、おとせはふっと思い出した。福助のような子は何か事件が起きると、とても平常心を保っていられなくなるという。仮宅に移ってようやく落ち着いたところであった。

「それではおっ母さん、おとせさん、お休みなさい。わたしは小梅さんの夢を見て眠りますよ」

「お休みなさいまし」

おとせは笑顔で応えた。

「福助さんもようやく落ち着きを取り戻したようですね」

おとせは袖の閂《かんぬき》止《ど》めを終えると歯で糸を切った。

「ああ、ようやくね。火事の時は福助を宥めるのに必死で、ろくに自分の物も持ち出せなかったよ」

「でもお内儀さん、あたしはこう思いますよ。着物や帯はまた買えますけれど、福助さんにもしものことがあったら取り返しがつきませんもの。旦那様とお内儀さんが福助さんを宥めていらしたところは、親子以外の何ものでもありませんでしたよ」

「褒《ほ》めてくれるのかえ？　嬉しいねえ。あんな子を育ててどうするのだと、さんざ陰口は聞こえていたよ。だけど、あたしも、うちの人も福助のお蔭でどれほど慰められているかわからないのさ。うちの人がよそに女を拵えて夫婦仲がうまくゆかなくなった時なんざ、福助は泣きながらうちの人に意見してくれたんだよ。ありがたかったよう……」

お里の声が湿った。

「どんな子も生まれて無駄な子はおりませんね」

「ああそうさ。子供は可愛がってやれば、皆、親思いになるよ。本当さ」

お里の言葉は妙に実《じつ》がこもっていた。

仁助が内所へ入って来たのを潮に、おとせは頭を下げて自分達の部屋へ戻った。二階から景気のよい手拍子が聞こえる。凧助が半畳だけを使って巧みに踊りを披露しているのだろう。海老屋を辞める話はまだ凧助には伝えていない。意気消沈する凧助の顔は見たくなかった。

三

深川は、元は下総国《しもうさのくに》の支配を受け、後に武蔵国葛飾郡《むさしのくにかつしかごおり》の内になったという。

「茶と泥でつくり」と言われるほどの低地を摂津出身の深川八郎右衛門《はちろうえもん》と六名の

男達がこつこつと開墾したのである。当時は一面の萱野《かやの》であったらしい。

たまたま初代将軍の家康が鷹狩りでこの地を訪れ、八郎右衛門に土地の名を訊ねた由。

八郎右衛門が名もない所だと答えると、それなら八郎右衛門の名字を名づけるがよいと言われ、深川となったのが主たる由来であった。

深川で獲《と》れる蛤、鰻《うなぎ》、牡蠣《かき》はよその土地よりも小振りである。しかし、味がよいので名物となっていた。

おとせも深川で口にしたそれ等を美味に感じている。

深川八幡の社《やしろ》を中心に町が栄え、近辺には料理茶屋、水茶屋の他に岡場所も数多く存在する。遊び巧者《ごうしや》の男達は吉原よりも深川に足を向けることが少なくない。おとせは生まれて初めて深川にやって来たが、またたく間にこの町の虜《とりこ》にされてしまった。

何しろ人々の気《き》っ風《ぷ》がいい。それはおとせの性格にぴったりだった。

朝の散歩の折には深川八幡へ詣でることもおとせの日課となった。

深川八幡は別名、富岡八幡宮。隣接する永代寺と神仏混淆《こんこう》の神社である。というのも、富岡八幡宮の中興の祖である長盛上人《ちょうせいしょうにん》が別当永代寺の始祖でもあったからだ。

どうやら、神社の近辺に水茶屋や料理茶屋を建てさせ、みめよき娘を雇い入れることを助言したのも長盛上人らしい。僧侶には珍しく粋な男であったようだ。そのお蔭で深川は今日のような発展を遂げたのである。有名な伊勢踊りなども、この土地から流行したものである。

松の内が過ぎてから深川に大層な雪が降り、町全体が白一色に覆われた。

おとせは雪道に足を取られながら、ゆっくりと深川八幡の鳥居をくぐった。仮宅は見世の傍や軒上に木の板を揚げている。そこには海老屋角兵衛仮宅だの、増田屋善六仮宅だのと見世の名が記されてあった。雪景色《ゆきげしき》の中でその墨色が妙に鮮やかに目に映った。

いつものように僅かな賽銭《さいせん》を出してぽんぽんと柏手を打つ。これからどうしたらよいのか、八幡様に縋《すが》りたい気持ちだった。しかし、新参者《しんざんもの》のおとせに八幡様もご利益を与えてよいものか悩んでいるらしく、さして気の利いた考えは浮かんで来なかった。

おとせの背中で景気のよい柏手が聞こえた。

後に来た人のお参りの邪魔になっては悪いと思い、おとせは慌てて脇に避《よ》けた。

「なあに、遠慮はいらねェ。ゆっくりお参りしたらいいんだ」

聞き慣れた声がそう言った。

「ご亭さん……」

振り向いたおとせの声が弾んだ。花月亭凧助が頬被りをして着物の裾を絡げ、綿入れを羽織った恰好で立っていた。

「仁助が、おとせさんなら八幡様へお参りに行ったと教えてくれたんだ。あちきは慌てて後を追って来たんだよ」

凧助は子供のような口調で言った。

「ご亭さん、改めまして、明けましておめでとうございます。本年もよろしくお願い致します」

おとせは丁寧に頭を下げた。まだ面と向かって新年の挨拶をしていなかったのだ。

「あいあい。こちらこそよろしくだ」

「お腰の具合はいかがです」

「まあな、ぼちぼちってところよ。ぱっとよくならねェ代わりに、眠られねェほど辛いこともなくなったよ」

「まあそうですか。治りが遅いのは仕方がありませんよ。何しろお年なんですから」

「また、人のことを年寄り扱いする。あちきの心は若い者みてェにときめいているのによ」

「あら、どなたに心がときめいていらっしゃるんですか」

おとせは悪戯っぽい表情で続けた。

「悪《わ》りィ女だ。しゃらりと躱《かわ》したね。おとせさんは女郎衆の手管《てくだ》を覚えたらしい」

二人は肩を並べて境内を後にすると門前仲町の通りに出た。

「茶でも飲んで行こうか」

凧助は気軽に誘う。

「でも……」

「忙しいのかい」

「人に見られたらお内儀さんが……」

おとせはお浜のことを気にする。

「そんなこたァ」

　凧助は不服そうに口を尖らせた。

「それにご亭さん、あたし、海老屋を辞めようかと考えているんですよ。息子が戻って来いと言ってますもので」

「……………」

「だから、最後は、お内儀さんと悶着《もんちゃく》を起こしたくないんですよ」

「辞めるってか……」

　凧助は俯いて溜め息をついた。

「おとせさんはあちきを置いて行ってしまうのかい？」

「そんなご亭さん、駄々っ子みたいなことはおっしゃらないで下さいな。あたしだって辛いんですよ。ご亭さんと一緒にいるのは楽しかったし、色々と困った時には力になって貰えたし……」

「やっぱ、おとせさん、ちょいと寄って行こう」

　凧助は、くいっとおとせの手を取った。

　凧助は門前仲町の裏手にある門前河岸へおとせを促し、そこに店を出している汁粉屋の暖簾を掻き分けた。

小上がりに座っておとせは汁粉を頼み、甘い物の苦手な爪助は餅を焼いて海苔をつけてくれと、品書きにない注文をした。

「あちきもねえ、そろそろ見世を息子に譲って隠居しようかと考えているんだよ」

爪助は海苔餅を口にしながらそんなことを言った。

「立派な息子さんがいらっしゃるんですもの、後のことは心配ありませんね」

おとせは爪助の息子の安次《やすじ》の顔を思い浮かべて言った。

「娘達も皆、片付いているしね」

爪助は安次の下に三人の娘がいた。上の二人の娘は商家に嫁いでいるが、下の娘は山谷の船宿に嫁いでいるという。

「隠居する時は見世の商売からきっぱり手を引いて好きなようにさせて貰うと嬶《かか》アに前々から言ってあるんだ」

「どうなさるおつもりですか」

「好きなおなごと暮らす」

「………」

爪助は真顔で言っていた。好きなおなごとは、自分のことでもあるような気がしたが、それを口にして勘違いだったら恥をかく。おとせはしばらく黙ったままだった。だが爪助は「どうだね？」と、おとせの顔をまじまじと覗き込んだ。おとせの顔が赤くなった。

「よして下さいましな。あたしは孫のいるお婆ちゃんですよ。息子と娘が呆れます。それはご亭さんも同じこと」

「あちきは後、何年生きられるか知れたもんじゃねェ。人生五十年と言うじゃねェか。あちきはそれより十年も長生きしちまった。そいで、もうちょっと神さんが長生きさせてくれるんなら、最後は気随気儘《きずいきまま》に暮らしてェわな」

「あたしは気随気儘の暮らしは嫌やですよ」

おとせは皮肉な口調で言った。

「あたしは、ちゃんとまっとうに暮らしたいんです」

「……」

「息子の住まいの隣りが空き家になっているんですよ。あたし、そこに暮らして孫の面倒を見ながらお針の内職をしようかと思っているんです」

「何んだ、もう段取りをつけているのかい」

爪助は白けた表情になった。

「ええ……」

「あちきのことはどうでもいいってか？」

「ご亭さん……」

「どうせ、吉原でちょいと顔見知りになった太鼓なんざ、どうなろうと知ったこっちゃないわな」

「ご亭さん、無理をおっしゃらないで。まともに考えたところで、そんなことが世間に通用するものですか。姥桜《うばざくら》と梅干し爺《じじ》イ、梅と桜は、加留多《かるた》のように一緒の札《ふだ》は出ませんよ」

「てへっ」

凧助は噴き出した。

「うめェことを言う。その通りだな。へい、老いらくの恋路の一幕、これでお仕舞。どなた様もお忘れ物のねェように、ってとこだ」

「あたしだってもう少し若けりゃ、後添《のちぞ》えの口を考えたかも知れませんよ。でもね、もう駄目ですよ。それはご亭さんも同じ」

おとせはにべもなく言って残った汁粉を啜り込んだ。

「あちきはまだ稼げるよ。えと、おとせさんの長屋は上槙町かい？　日本橋だァな。日本橋のお座敷に出たら、おとせさんと手前ェの喰い扶持《ぶち》ぐらい訳はねェ。憚《はばか》りながら、この花月亭凧助、江戸の太鼓持ちとしちゃ、他に引けを取らねェ男だ」

「……」

もしも、凧助が十年若かったら……おとせはふっと考えてみる。そうだとしたら、すぐにも色よい返事をしたかも知れない。だが、凧助は六十で、自分で言うように後がない。

お浜を説き伏せ、息子夫婦を説き伏せておとせと一緒になったところで、そういい目は見られないだろう。それならば、少々夫婦仲が思わしくなくともお浜の傍にいる方が凧助は倖せというものだ。

おとせにしても、鶴助やお勝の顔色を窺い、凧助の機嫌を取りながら新しい暮らしをするのは気が重かった。

「時々、遊びに来て下さいな。あたし、仕事をしながら長屋におりますから」

おとせは汁粉についていた紫蘇《しそ》の漬け物を口に入れてからそう言った。

「あちきは海老屋を辞めたおとせさんの所にゃ行けねェよ」

凧助は低い声で応えた。

「とんでもねェ話をしちまった。おとせさん、忘れてくれ」

凧助はそう言うと、腰を上げた。勘定する凧助の背中は少し丸まり、小さく見えた。

四

海老屋はどことなく穴の空いた気分がする、とおとせは思う。

それは妓夫の筆吉と花魁喜蝶がいないせいだ。こんな時、筆吉ならおとせに何んと言っただろうか。

「おとせさん、世間のことなんざ、気にすることはありやせんぜ。おとせさんがそうしてェと思うんなら、そうした方がいい。どうせ人は、いつかは死んで行くんだ。生きたいように生きるのが一番ですぜ」

「ご亭さんはおとせさんの傍にいる方が倖せざます。あはは、おほほと笑って暮らせるじゃおっせんか。泣いて暮らすのも一生、笑って暮らすのも一生。どうせなら笑って暮らすのがいいに決まっておりいす。さ、どうしいす？」

筆吉と喜蝶が夢の中でそんなことを囁いたのは、少し経《た》った夜のことだった。

おとせは驚いて思わず床の上に起き上がり、高鳴る胸を押さえた。筆吉と喜蝶はあの世で一緒にいると思った。それがせめてもの慰めだった。

火事で手に手を取り、一緒に死んだ筆吉と喜蝶。あれはもしかして、相対死《あいたいじに》（心中）ではなかったのだろうか。おとせはふっと、そんな気がした。もしも、火事に遭わなければ喜蝶は身請けされて廓の外に出て行く宿命だった。

どうせ離れ離れになるのなら、いっそ果てたい。燃え盛る火の中でお互いそう思ったとしたら……。

喜蝶の実家からは何等かの連絡があったようだが、筆吉の所からはなしのつぶてであった。死んだというのに、親からも見捨てられたような筆吉がおとせには可哀想で仕方がなかった。

海老屋角兵衛は二人の亡骸《なきがら》を自分の旦那寺に葬ってくれた。それがせめてもの妓楼の主としての情けだった。仁・義・礼・智・忠・信・孝・悌の八つの徳目を忘れなければできない商売だから亡八《ぼうはち》と呼ばれる、遊女屋の角兵衛。八つの徳目の中には、そういえば情は入っていない。亡八にも情けはある。そう気づいて、おとせは寝間着の袖を口に押し当てて咽《むせ》んだ。

しんと静かな夜だった。寝ずの番の友蔵が客の部屋から台の物の膳を運んでいる。皿小鉢が微かに触れ合う音がするだけである。

閉じた障子の外がやけに明るかった。おとせは立ち上がって腰高障子の傍に寄り、そっと開けた。

白い雪が音もなく降っていた。降る雪を黙って見つめていると天に昇って行くような気がした。

「おとせさん、寒い。閉めて」

朋輩のお針のおみのが眠そうな声でそう言った。

「ごめんなさいね」

「降ってる？」

「ええ……」

まだ話が続くのかと思っていたが、おみのはすぐに寝息を立て始めた。おとせは静かに障子を閉めると蒲団の中に身体を横たえた。

落ち着かないのは仮宅のせいだ。おとせは自分に言い聞かせていた。

おとせが仕事を辞めたい旨を内所に告げると、お里は驚いた顔をした。それからひどく不機嫌な表情になった。今、辞められたら困るんだけどねえと、さも迷惑そうだった。

お里は、おとせに対して他のお針より目を掛けているというふうがあった。その恩も顧みず、後足で砂を掛けるように出て行くおとせに心底腹を立てている様子でもあった。

「ええ、お内儀さんのお気持ちはようくわかっておりますよ。でも、息子に返事をしないと隣りの家に別の店子《たなこ》が入ってしまうもので、早く早くと急かされているんです。勝手を言って申し訳ありませんが、そうさせて下さい。もうすぐ、おときさんやおまささんも戻って来ることですし……」

「そいじゃ、二月の晦日まではいておくれね。春着の算段があるから」

お里は渋々言った。

「承知致しました」

「あんた、凧を振ったものだから、ここに居づらくなったのじゃないかえ」

お里は妙な言い方をした。

「そんな……そんなことは決してありません」

おとせは慌ててお里の言葉を打ち消した。

「凧も甘い夢を見ていたようだが、こうなりゃ哀れなものだ。この節、素人さんのおなごの方が恐ろしいよ。さんざ、気のある素振りをしてさ。時が来りゃ、さっさとお払い箱だ」

「お内儀さん！」

おとせは思わず声を荒らげた。

「花月のお内儀も息子が戻って来たから爪のことなんてどうでもいいのさ。あんたにくれてやると豪気にほざいていたものさ。古女房には飽きられ、目星をつけていた女にゃ袖にされるじゃ、爪の立つ瀬もないよ。ほ、いっそ、ぽっくり逝っちまった方が爪のためじゃないのかね」

お里は腹立ち紛れに言いたいことをいっきに喋った。それ以上、聞いてはいられなかった。おとせは頭を下げると、そそくさと内所を出た。お針の部屋に向かいながら涙が込み上げた。これが遊女屋のやり方かと思った。

お針の自分などお里にとっては取るに足らないものだった。おとなしく奉公している内はあれこれと口当たりのよい言葉も掛けるが、辞めるとなっては掌を返すような言い様になる。遊女屋など奉公に出なければよかったと、おとせはつくづく思った。

その日の内におとせが仕事を辞める話は見世中に知れ渡った。名残り惜しそうに言葉を掛けてくれる者もいたが、おおかたはお里と同じで、まるでおとせを裏切り者のように見るのだった。たった一年余りの奉公では、ひやかしの客と同じようなものなのかも知れない。

見世の竹格子の内から銀煙管で客の袖を引く遊女達。客が邪険にその手を払うと「へん、しみったれ。おととい来やがれ」と悪態《あくたい》をつく。素直に見世に揚がれば上客で、断れば、まるで人ではないような悪口雑言の数々。

世の中は白か黒か、右か左か、前か後ろか、そう割り切れるものだろうか。

おとせは海老屋の人々の白い視線に晒されながら身の置きどころのない気持ちを味わった。

しかし、そんなおとせに追い討ちを掛けるような事件が起こった。

おとせが、この一年余り、爪に火をともすように貯めた虎の子が小さな柳行李《やなぎごうり》から消えてしまったのだ。

今までは用心のために内所に預けていたが、お里はおとせが辞めると聞いてから、その金をそっくり返してよこした。

十二両と二分。柳行李に入れて紐で縛っていたが、ある日、晒《さらし》を取り出すためにそれを開けた時、なくなっているのに気づいた。いつ、なくなったものやら見当もつかなかった。

うっかりして別の所にしまい込んだかと、あちこち捜しても、とうとう出て来なかった。

おとせはしばらく、柳行李を前にして茫然としていた。心の中では朋輩のお針の顔やら、時々顔を見せていた遊女の誰彼の顔やらを思い浮かべたが、証拠のないことであった。

これでは家には戻られないと思った。おとせは決心して、仕事はこれまで通り続けさせてくれとお里に頭を下げた。

お里は怪訝な顔で「どうしたのだえ？」と訊いた。おとせは低い声で金がなくなったと告げた。

途端にお里の顔に朱が差し、烈火のごとく怒鳴った。

「この海老屋に盗人《ぬすっと》がいるとお前は言うのかえ？　ええ外聞《がいぶん》の悪い。言うに事欠いて、その言い方は何んだい！」

「でもお内儀さん、お金がなくなったのは本当のことです。ですから、あたしはこれまで通り仕事をさせてほしいとお願いしているのですよ。別に誰を疑っている訳じゃありません」

「疑っていなくても盗られたと言っただろうが。さあ、見世の連中を集めて気の済むまで捜して貰おうじゃないか」

お里は仕舞には意地になっていた。

騒ぎに気づいて角兵衛が「どうしたのだ」と内所にやって来た。お里は荒い息をして、おとせの仔細を告げた。角兵衛の眉がきゅっと持ち上がった。角兵衛にも叱られるのかと、おとせは身体を縮めた。だが、角兵衛は表にいる仁助の名を呼んだ。

「へい、お呼びでござんすかい？」

仁助は内所の障子の前で立て膝をして用件を訊いた。

「友蔵は今日も来ていないのかい？」

「へい。何んでも賭場《とば》でいい目を見たようで、さっぱり仕事をする気にならねェようです」

「首根っ子摑んで連れて来い！　賭場でいい目どころじゃねェ、とんでもねェ野郎だ」

角兵衛は吐き捨てた。仁助が若い者を連れて外に出て行くと角兵衛はおとせの肩に手を置いて「後はわたしに任せなさい。嫌やな思いをさせて悪かったね」と、優しく言ってくれた。

お里は、そんなおとせを意地の悪い眼で見ていた。

五

おとせの金を盗んだのは友蔵の仕業だった。

おとせとお里のやり取りを見ていた友蔵は誰もいない隙にお針の部屋に忍び入り、おとせの柳行李から金を盗んだのである。

海老屋角兵衛はさすがに人を見る眼に長《た》けていた。おとせの話を聞くやいなや、すぐに友蔵が下手人だと当たりをつけたようだ。仁助と他の若い衆が友蔵を締め上げると、友蔵は観念して白状したのである。仕事にあぶれていた友蔵は海老屋が仮宅を打つ時に自分から見世に押し掛けて雇って貰った経緯があった。羽振りのよい遊女屋の奉公ならば、さぞ給金も高く、仕事も楽だろうと高《たか》を括《くく》っていたようだ。しかし、実際の仕事はそれほど簡単なものではなかった。

仕来たりにもうるさく、毎度、お里や遣り手のお沢から小言を言われて嫌気が差していた。以前から顔を出していた賭場で有り金をすっかりやられて、おとせの金をくすねる気になったらしい。

友蔵は三両ほどを遣っていただけで、残りの金はおとせに戻った。角兵衛は友蔵の遣った金を弁償してくれた。

友蔵は土地の岡っ引きに引き渡された。敲《たた》きの刑を受けることになるだろうと角兵衛は言っていた。本当は十両以上盗めば死罪の沙汰が下りても文句は言えない。敲きで済んだのは、友蔵にとっては幸いであった。

おとせは二月の晦日まで海老屋にいる気持ちが失せていた。一刻も早く見世を出たかった。おとせは仕事の合間に引手茶屋の花月を訪れ、別れの挨拶をした。

爪助は留守だった。どこに行っているともお浜は言わなかった。色々、お世話様、と、取ってつけたような言葉を掛けただけである。

息子の安次は紋付羽織の恰好で「親父がお世話になりまして」と優しいことを言ってくれた。もうすっかり引手茶屋の主という顔であった。

「ご亭さんによろしくおっしゃって下さいまし」

おとせは爪助によく似た安次にそう言った。

安次は何か言いたそうな表情もしていたが、傍にお浜がいたせいで、それ以上のことは言わなかった。

おとせは翌日、誰にも言葉を掛けずに海老屋を出た。差し当たっての仕事は片付けたので、海老屋が困ることもないと思った。

別れの挨拶はすでに済ませていたので、改めて言うこともなかった。それでもお里は、ひと言も言わないでと、後で腹を立てることだろう。

そっと見世を出たつもりだが、外に出た時、おとせは思わず振り返り、仮宅の海老屋のたたずまいを眺めた。一年の余、暮らした見世である。それなりの感慨があった。

二階の出窓から花魁の薄絹と禿のたより、が顔を出して、ぼんやり外を眺めていた。

たよりが薄絹に何やら囁いた。小粒の歯が見えた。花魁、おとせさんがどこかへ行きいすよ、おおかた、そんなことでも言ったのだろう。薄絹はふわりと笑った。おとせは薄絹の顔をじっと見つめてから深々と頭を下げた。

はっとしたような薄絹の顔。おとせは何も言うなと小さくかぶりを振った。

薄絹はこくりと肯き、「あばえ」と、口の形をして見せた。おとせはもう一度頭を下げ、そそくさと踵を返した。

「おとせさん！」

たよりの甲高い声が尾を引いて聞こえた。

だが、おとせは二度と振り返らなかった。

永代橋まで来て、そこを渡る間際、思い直して北に足を向けた。最後に一年余りを暮らした吉原の姿が見たいと思った。上槙町に戻ったなら、二度と足を向けることはないような気がしたからだ。大工の普請が正月明けから始まっているはずであった。

吾妻橋を渡って花川戸町から北へ向かう。

今戸橋は凧助の見舞いに来た時に見送りされた橋である。今戸橋の下を流れる堀は山谷堀になる。そこから今度は西へ向かう。雪をのせた松の樹が多い。足許はぬかるんでいた。

吉原は景色が違って見えた。仲ノ町の通りは足場を組んだ建物が並んでいた。しかし、どうしたことか大工の玄能の音が聞こえない。

前日にまた雪が降ったので大工達は仕事にならないと休んだのだろうか。

河岸見世の方は商売を始めている様子だったので大門前には四郎兵衛会所の若

い者が人の出入りを見張っていた。おとせは大門前で一軒だけ開いていた切手茶屋から切手を買うと大門の中に入って行った。

海老屋は八分方でき上がっていた。新しい籬《まがき》の色が眼に眩しい。後は中の造作だけだろう。

桜の季節になれば、またここに花魁、新造が美麗な衣裳に身を包み、江戸の男達の心を浮き立たせるのだ。

通りは客よりも職人ふうの男達が目立った。

遊女屋の主達は恐らく、足並みを揃えて一斉に見世を再開するのだろう。おとせは、あの火事で損をしたのは結局、筆吉と喜蝶だけのような気がした。

海老屋から踵を返して花月の前に来ると、こちらはさらに普請が進んでいた。引手茶屋は遊女屋よりひと足早く見世を開いていなければならないからだ。

これからは凧助の息子の安次が客に如才のない言葉を掛けることだろう。板前の修業を積んだ男なので、花月の料理はさらに評判を呼ぶはずだと、おとせは内心で独りごちた。

畳職人が真新しい畳を花月の中へ運んでいた。

「二階の座敷の畳はいつ入る」

聞き慣れた声が畳職の男へ訊いていた。畳職が応える声は聞き取れないのに、爪助の声は明瞭におとせの耳に届いた。

「そうかい。なるべく早くしてくれな。あい、あい、わかったよ。そいじゃ、そういうことで」

爪助は毎日、そうして花月のでき上がりに細かく目配りをしていたようだ。こんなに一所懸命な男をお浜はどうして邪険にするのだろうかと思う。しかし、夫婦のことは夫婦でなければわからない。今は温顔の爪助であるが、若い頃は相当に放蕩をしてお浜を泣かせていたらしい。この年になって爪助はお浜にその仇を討たれているのかも知れない。

外におとせがいるとは知らなかった爪助が履物を突っ掛けてそそくさと出て来ると、一瞬、呆気に取られたような顔をした。

「ご亭さん、ご精が出ますこと」

おとせは笑顔で声を掛けた。

「びっくりしたよ。あちきは夢でも見ているのかと思った」

「驚かせてごめんなさい。さっき海老屋からお暇乞《いとまご》いをして来たばかりなんです」

「そうかい……」

「最後に吉原を見たくなったんですよ」

「……」

爪助は薄水色の着物に黒の無紋の羽織を重ね、八幡黒《やわたぐろ》の頭巾《ずきん》を襟巻き代わりに首に巻きつけていた。いつもの綿入れの恰好ではない。

職人達に指図するのに、あまりしおたれた恰好では引手茶屋の主としての示しがつかないとでも思ったのだろうか。しかし、一月の末は、どこか春めいた陽射《ひざ》しも感じられる。爪助の装いも春らしさを意識したものだと、すぐに合点がいった。

「あちきはねえ、見世ができたら娘の所に行くよ」

「上の娘さんの所ですか？」

「いいや、一番下の船宿に行ってる奴。商売繁昌だから、お父っつぁんの口ぐらい賄《まかな》えると大口叩かれた。ま、口はもともとでかい奴だったが」

「まあ……何んてことを」

おとせは呆れた顔をした。

「そこで店番しながら、酔狂な客でも来たらお座敷を掛けて貰うつもりだよ」

「怖いよじゃなくて、声色ですね？」

「ああ、あの友蔵、とんでもねェ奴だったね。お浜の奴は困っているおとせさんを、いい気味だなんてほざくもんだから、あちきもつくづく嫌気が差したよ。他人様《ひとさま》の不幸がそれほど嬉しいのかって横面《よこづら》張り飛ばしてやったよ」

「ご亭さん、お浜さんは正直に言っただけですよ。誰も口にはしませんけど、内心じゃ、お浜さんと同じように思っているんです。辞めて行く者に情けはいりませんもの」

「おとせさんも、つくづく吉原が嫌やになっただろうね」

「ううん、色々なことがあって、あたしも大いに勉強になりましたよ。今は辛い気持ちですけど、後になったら懐かしいと思えるでしょうよ」

「今戸まで送ってやろう」

凧助はそっとおとせの背中を押した。

「ご亭さん、今だから聞きますけど……」

おとせは肩を並べて日本堤を歩きながら口を開いた。

「何んだい？」

「本当にあたしと一緒になりたいと思いました？」

「……」

「あれは冗談ですよね？」

凧助は返事の代わりに湿った咳をした。

「海老屋のお内儀さんに皮肉を言われて困ってしまいましたよ。古女房に飽きられ、目星をつけていた女には袖にされって……目星をつけていた女ってあたしのこと？」

「もう、そんな話はうっちゃっといてくんな」

凧助は照れ笑いにごまかした。

「もう、お浜さんのことは本当にいいの？　愛想が尽きたの？」

「いまさら、どうしてそんなことを訊くんだ。その話は済んだと言っただろうが」

凧助は僅かに語気を荒らげた。

「だって……人の亭主を取っちゃ、世間様は黙っちゃいない。それは泥棒だもの。だけど、もしもお浜さんがご亭さんを捨てるのなら……あたしが拾ってもいい」

「あちきは紙屑かい？　捨てるだの拾うだの」

「ご亭さんの端唄《はうた》に惚れているんですよ。あのいい声を聞いていると、あたし、気が悪くなりそう」

おとせは海老屋を辞めて、何かから解き放たれたのだろうか。いつもは決して口にしないことを喋っていた。喋りながら、そんな自分に驚いてもいた。

「酔っているのかい？」

「え？」

「やけに軽口を利いてくれるじゃねェか。あい、最後の最後に嬉しいことを言ってくれたんで、あちきはこれからも頑張って生きて行くよう」

凧助はにこやかな笑顔になっておとせに言った。今戸橋まで来て、凧助は立ち止まり、「そいじゃ、元気でな」と、気軽な言葉を掛けた。

「ご亭さん、深川に帰らないんですか」

深川に帰るのなら、その先の吾妻橋まで行くはずであった。

「あちきはずっと今戸の寮に泊まっているんだ。見世は安次もいることだし心配はいらねェ」

「それじゃ、見世の普請が済んだら、そのまま娘さんの所へ？」

「ああ。色々ありがとよ。おとせさんの拵えた寝間着を着て寝ているよ。不思議だね、ぐっすり眠れるんだ」

爪助はそう言って、ひらひらと白い掌を振った。

頭を下げて踵を返したおとせであったが、なぜか振り向かずにはいられなかった。爪助は橋の袂から黙ってこちらを見つめていた。

訳のわからない瘧《おこり》のようなものにおとせは捉えられた。おとせは下駄を鳴らして爪助の許に戻った。

「ご亭さん、一緒に上槇町に来て。一緒に暮らそ？　ね、そうしよう？」

子供のような声でおとせは縋った。

「上槇町の長屋に住むのよ。ねえ、噺家《はなしか》の人だって長屋暮らしをしているご時世だもの、太鼓が暮らしたところで悪くはないでしょ？　でも、油障子の前には暖簾を出すわ。花月亭爪助の滅法界もなく乙粋《おついき》な暖簾を。そうね、鶯《うぐいす》色、柿色……紺色だと何か商売をしている家かとお客様が間違ってしまう。だから、やっぱり鶯色、柿色……お座敷に出る衣裳だって、あたしが縫う。うんと上等の反物を鶴助に見繕って貰うの。鶴助、きっと張り切って持って来るわ。それで、あたしは日本橋の料理茶屋や芸妓屋に行って、太鼓はいかが、太鼓の御用はございませんかと触れ回るの。きっと贔屓がつく。怖いよじゃなくて声色を。それから百面相、それからあの踊り、ひょうきんな畳半畳使って踊るあれよ。やだ、ご亭さん、止めて。あたしの口、止まらなくなっちまってる。暖簾は鶯色、柿色……」

おとせは膨れ上がる涙を堪《こら》えて、また暖簾の色をどうしたらよいのか思案する。

爪助は何も言わない。黙っておとせの喋るままにさせていた。吐息をふっとつい
て爪助は空を見上げた。曇っているけれど妙に明るい日であった。

「春の暖簾は鶯色で秋になったら柿色にしようや」

ようやく言った爪助に、おとせはぶつかるようにしがみついた。おとせの力を
受け留め切れず、爪助はよろめいた。

「あちきをおとせさんの亭主にしてくれるのかい？」

「ええ、だから行こ？　上槙町に。鶴助とお嫁さんが驚くかも知れないけど……

孫もいるのよ。才蔵って言うの。今年はその上、二人も孫ができるのよ。ご亭さ
ん、お爺ちゃんになってね？」

「もう最初《はな》っからお爺ちゃんだよ」

「ううん、孫にとってはお爺ちゃんでも、まだ本当のお爺ちゃんになっては駄目。

これからもうひと働きして。あたしも働くから……」

「隠居はできねェのかい。そいじゃ、おとせさんはお浜よりも手厳しい」

「そうよ。あたしは黙ってご亭さんを遊ばせておくほどお人好しじゃないの。ち

ゃんと、ちゃんと喰い扶持は稼いで貰いますからね」

「おとせさん、ちょいと二、三日待ってくれ。深川にあちきの着物が置いてあるから」

「嫌や！」

おとせは激しくかぶりを振った。

「お浜さんの手に掛かった着物なんて着ちゃ嫌や。ご亭さんは身一つであたしの亭主になるんですよ」

「身一つは嫁に来る娘に言う台詞だ。参ったね」

爪助はぽりぽりと小鬢《こびん》を掻いた。

六

身体がゆらりと揺れるのは酔ったせいだろうか。それとも乗せられた舟のせいか。

屋根舟は障子を閉めて火燵《こたつ》を入れている。

火燵の上には皿小鉢と大振りの徳利が二本。

空になった徳利が舟の座敷の隅に五、六本も転がっていた。そんなに飲んだのは久しぶりというより、初めてのことである。

〽わしがなじみは三重《みえ》の帯、ながい夜すがら引きしめて、あずかるものは半分の、ぬしはわすれてゐさんすか、すぎし月見は井筒屋で、そこいくまなき夜とともに、のみあかしたるおもしろさ、いまのうき身にくらぶれば、いとどおまへがいとしいと、ゐりにつつみし忍びなき〜

一中節《いっちゅうぶし》『根曳《ねびき》の門松《かどまつ》』のひと節《ふし》を爪助はしっとりうたった。誰のためでもない、おとせのためだけに。

山谷堀「志《し》むら」のお内儀は爪助の末の娘だった。爪助がそこへおとせを連れて行き、「おかよ、あちきはこの人と一緒になるから、今晩、泊めてくれ」と、あっさり言った。

体格のよいおかよは年の頃、二十五、六だろうか。驚きもせずに「あっそう」と応えた。

眼も鼻も、ついでに口も大きく、全体が大づくりである。性格もおおらかであるようだ。

凧助はこの娘を溺愛していた。息子や他の娘達に話せないことでも、おかよにだけは話していたらしい。

さっきまで、一緒に酒を酌み交わしていたのである。酔いが回った頃、さすがにおかよは「うちのお父っつぁんと、どうして一緒になる気になったの」と訊いた。

おとせはちょいと思案した。ありきたりのことを言ってもおもしろくないし、第一、恥ずかしい。

「だって、寒かったんですもの」と、おとせは応えた。

「そうですよね。この冬は本当に寒かった。こんなお父っつぁんでも温石《おんじゃく》の代わりにはなりますすね」

おかよは機嫌のよい声で笑った。おかよはおとせのことを許している訳ではなかっただろう。しかし、凧助が自分の船宿に連れて来たことで幾らか納得したようなふしがあった。

凧助とお浜の夫婦仲が冷えていたことは、とっくに気づいていたのだ。畏《かしこ》まってお父っつぁんをよろしくとは言わない代わり、邪魔になったら返してくれと言っただけである。

「邪魔になんてなるもんですか」

おとせは豪気に言い放った。

「冷えて来たよ。宿の方に戻るかい？」

凧助は片手におとせを抱き寄せながら訊いた。

「ううん、平気」

凧助は澱《よど》んだ空気を入れ換えるように障子を開けた。大川の水は闇に溶けて見えないが、対岸の町の灯りがちらちらと光っていた。おとせの眼からは、その光が滲んだように見えた。

「冷えるはずだよ。降って来たわな」

凧助の言葉におとせは眼を凝らした。雪が静かに降っていた。

「もう、これが最後の雪かしら」

「あい、名残りの雪だァな」

「ご亭さん、後悔しない？」

そう訊くと凧助はふんと鼻を鳴らした。

「どうせ、向こうにいたって同じ暮らしが続くんだ。ここらで気分を変えるのも悪くはねェ」

「そうね、気分を変えるのも大切ですよね」

「何んだ、やけに殊勝な顔しているじゃねェか。おとせさんこそ後悔しねェかい？」

「あたしは大丈夫。一人で暮らすより二人の方が寂しくないし、寒くないし……」

「あちき、冷え性だよ」

「もう……」

おとせは加減もなく凧助の腕を張った。

「なかよくすべェなあ」

凧助はしみじみとした口調で言った。おとせは黙って肯く。

「春の彼岸にゃ、筆の字と喜蝶の墓参りに行こうや」

「ええ」

おとせは張り切った声を上げた。

「あいつ等の代わりにあちきとおとせさんが一緒になったってね、教えてやるんだよ」

「………」

幇間の夙助はその後、日本橋のお座敷に出るようになった。巧みな話しぶりと見事な幇間芸で人気を取った。長生きな男で米寿の祝いもすることができた。夙助の最期は老衰ではなく、酔って思わず足を滑らせ、近くの溝《どぶ》に嵌《は》まったための溺死であった。水面が膝上にも達しない溝で、どうして溺死できるものかと人々は訝《いぶか》しんだ。

しかし、おとせは最期まで笑わせてくれた、さすが江戸随一の太鼓だと涙を流しながら周りの者に語ったという。

解説

末國善己《すえくによしみ》
（文芸評論家）

遊廓といえば、貧しい少女が買い取られ、過酷な状況で体を売る悲惨な場所を思い浮かべてしまう。遊廓を「苦界《くがい》」、そこで働くことを「苦界に身を沈める」と呼んでいたことからも、その厳しい現実をうかがい知ることができるのではないだろうか。

その一方で、遊廓は歌舞伎と並ぶ娯楽産業であり、江戸時代の文化に多大な影響を与えたことも、また否定できない。例えば、江戸の町人が理想とする美意識は「いき」とされたが、これは遊廓での遊びに慣れた御大尽《おだいじん》の心意気を指す言葉だった。また人気の遊女は浮世絵のモデルになり、その衣装や髪形が女性たちの間で流行することも珍しくなかったのである。

中でも、演劇や小説との関係は重要である。天満《てんま》の紙屋治兵衛《かみやじへえ》と曽根崎新地の遊女紀伊国屋小春《きのくにやこはる》が、網島の大長寺《だいちょうじ》で心中した事件を題材にした近松門左衛門の浄瑠璃『心中天の網島』を始めとする〈心中物〉は、幕府から禁止令が出されても連綿と書き継がれ、心中事件の増加など社会問題を起こしたこともある。さらに遊廓を舞台に、その遊び方や遊女との恋を描いた洒落本は、やがて町人の恋愛を題材にした人情本に発展し、読者の圧倒的な人気を得たことも忘れてはならないだろう。

宇江佐真理の『甘露梅』は、こうした吉原の多面性に目を配りながら、遊廓でお針子とし働き始めたおとせが、様々な恋愛模様に直面する連作集となっている。封建体制下であり、結婚が家と家の結び付きと理解されていた江戸時代には、現代のような自由恋愛は原則的に許されなかった。その中にあって遊廓は、(それが疑似的なものであるにせよ)自由恋愛が許される唯一の場所だった。間に金銭の授受があろうと、遊女と客に身分的な差があろうと、最後は人と人との関係。心中が絶えなかったことを考えても、遊廓は、偽りの恋が本物に変わることもある恋愛の最前線だった。その意味で本書は、一見すると特殊な環境を舞台にしているように思えるが、その根本には〝情愛〟や〝哀切〟といった普遍的な感情が置かれているので、誰もが身近な物語として楽しむことができるはずだ。

また、おとせは岡っ引きの夫を亡くした寡婦と設定されているので捕物帳的なエピソードもある。さらに吉原は四季折々の行事を欠かさなかったので、季節の移り変わりを背景に展開される美しくも哀しい物語は、歌舞伎の一幕物を見るような感動を与えてくれる。このように本書は、一冊でエンターテインメントのあらゆる要素が楽しめるようになっているのである。

巻頭の「仲ノ町・夜桜」は、おとせが吉原で働くようになった理由や主な登場人物など、シリーズの基本を説明しながら進んでいく。おとせの息子・鶴助は、まだ呉服屋の手代になったばかりなのに、同じ店で働く女中おまなと相思相愛になった。しかも相手が妊娠しているので早々に結婚。手狭な長屋に三人が住むのは辛いため、おとせは吉原の遊廓海老屋で働くことになる。吉原でおとせが出会ったのが、花魁《おいらん》の喜蝶と妓夫《ぎゆう》の筆吉。幼なじみの二人は想い合っているのだが、遊女と妓夫の恋は御法度《ごはっと》。鶴助夫婦と喜蝶と筆吉、この二組のカップルを対照させることで、喜蝶の切なさを際立たせる手法が光る一編になっている。喜蝶と筆吉の恋の行方は、この後もシリーズ全体を貫く軸になっていく。

表題作の「甘露梅」では、おとせが遊女・雛菊の苦悩に直面する。引手茶屋の主・花月亭凧助から、雛菊が間夫《まぶ》と吉原を抜け出そうとしていると聞かされたおとせは、正月に客に渡す甘露梅の仕込みを幸いに、雛菊の動向をうかがう。吉原を出ても追手に捕まれば、罰として最下層の女郎屋に売られてしまう。この危険を冒してまで雛菊は間夫との愛を貫くのか？　雛菊の揺れる心が、サスペンスを盛り上げていくことになる。雛菊を思いとどまらせるため、内芸者《うちげいしゃ》の小万が話す過去の悲恋と、雛菊が下した決意が共鳴し、女の意地と矜持《きょうじ》を浮かび上がらせるのも面白い。「甘露梅」以降は、喜蝶と筆吉の恋だけでなく、女房がいる爪助とおとせの仲がどのような進展を見せるのかも、物語の重要な要素となる。

女の矜持を描いた意味では、「夏しぐれ」も負けてはいない。男と逃げたため、最下層の切見世に売られた浮舟。しかし相手の男は、戯作者として出世し、毎日のように吉原で遊んでいた。その男を浮舟が、公衆の面前で罵倒した。喜蝶の逃げた猫を追って、浮舟の切見世を訪ねたおとせは、浮舟が非常識な行為に及んだ背後に、浮舟が最後まで押し通そうとした筋目と、失われていないプライドがあったことを知る。

『源氏物語』の後半には、猫を繋いだ紐が女三宮《おんなさんのみや》の御簾《みす》を持ち上げ、それを垣間見た柏木が女三宮と許されざる恋に落ちるエピソードがある。猫が物語の狂言廻しになっていること、また遊女の名前が『源氏物語』の巻名「浮舟」から取られていることからも、「夏しぐれ」は『源氏物語』の世界に見立てられていることとが分かる。一種の自由恋愛を描いた『源氏物語』は、遊女たちの教養として遊廓で読み継がれ、遊女たちの仮名が「源氏名」と呼ばれているのも、遊女に『源氏物語』の女性の名前を付けたことに由来する。こうした考証をさりげなく織込み、絶妙な物語に仕立て上げたところも、実に印象深い。

　おとせが元岡っ引きの女房という設定が最も活かされているのが、「後の月」である。おとせが務める海老屋では、遣り手のお沢が床についたため、お久という代わりの遣り手を雇った。口うるさいお久は、遊女たちから恐れられるが、特に薄絹とは仲が悪かった。その渦中、喜蝶の振袖新造《ふりそでしんぞう》をしているよし乃を、三人の武士が訪ねてくる。三人は、よし乃と旧知の仲らしいが、目的が分からない。やがて、おとせと凧助は、三人がかかわる陰謀に巻き込まれるが、どのようにすれば事態が収拾するのか分からない。ミステリー・タッチの展開ながら、単純に解決に行き着くのではなく、結末に一ひねりを加えて見せたのは、人気の捕物帳〈髪結い伊三次捕物余話〉の作者らしい心憎い仕掛けである。

「甘露梅」は、基本的に一話完結で進んでいくが、全体を通して読むと長編としても楽しめるようになっている。本書を一編の長編小説とするならば、「くくり猿」は、物語の転換点になる作品である。おとせの相談相手だった凧助が、怪我のため浅草の別荘で療養することになった。その間に、喜蝶に身請け話が持ち上がる。相手は高利貸で財を築いた安浦検校《やすうらけんぎょう》。喜蝶はあと一年で年季が明ける。そうすれば筆吉と所帯を持てる。だが、喜蝶が面倒をみている振袖新造や禿《かむろ》たちの将来、そして海老屋への恩を考えると、身請け話を断るのは難しい。おとせが、喜蝶と筆吉の将来に想いを寄せていた時、吉原で大火が起こる。そして最終話「仮宅・雪景色」では、焼け落ちた遊廓が仮営業を始めた頃、おとせの息子が、同居を持ちかけてくる。結婚している凧助への想いに、おとせがどのような決着を付けるのか？　物語は、最後まで目が離せない展開が続くことになる。

吉原を舞台にしているだけに、おとせが見守る遊女たちの恋は苦い結末に終わるものが多い。だが安易なハッピーエンドを拒否することで、極限状態での人間の生き様、絶対に失ってはいけない尊厳などが、見事に表現されている。どちらかといえば悲劇的な物語を中心にしながらも、一方におとせと凧助のユーモラスな会話を配置することで、決してシリアス一辺倒にもしていない。このコントラストが、心の動きと機微をダイナミックに伝え、作品に奥行きを与えていることも間違いないだろう。

おとせの息子が、いわゆる「できちゃった結婚」をしたことからも明らかなように、『甘露梅』の世界は、現代社会と二重写しになっている。おとせと爪助の関係が、こちらも近年話題になっている熟年離婚や老年カップルの結婚問題と重ねられていることは、改めて指摘するまでもあるまい。だが、最も力が注がれているのは遊女たちの恋である。

現代社会には、江戸時代のように公娼制度はないし、恋愛を遮《さえぎ》る障害も少なくなっている。だが現代の女性は、本当に自由に恋愛が出来ているのだろうか。例えば、働いている女性が結婚を決めると、結婚か仕事かの選択を迫られることがある。共働き夫婦といっても、家事の多くは女性が担当しているのが実態であるし、さらに妊娠出産ともなると、仕事への影響も大きくなる。こうした背景があるので男女雇用機会均等法があるのだが、会社も退職に向けて暗黙の圧力をかけてくる。男性が結婚か仕事かを迫られる場面がほとんどないことを考えると、日本社会は、こと恋愛に関しては女性に厳しいといわざるを得ない。

遊廓で働く女性は明文化された法律に従って自由を束縛されている。現代女性は法律の上では自由だが、社会の〝見えざる〟ルールに縛られている意味で、実は遊女と同じ部分もあるのではないか。「色ごとは、男も女も五分五分だとは思うのだけど、後になって考えると女はやっぱり分《ぶ》が悪い」という「甘露梅」での小万の台詞には、共感を覚える人も多いのではないだろうか。本書の収録作品が、悲劇的な結末を迎えるのも、それが遊女の恋だからという以上に、現代の女性の立場を象徴しているためかもしれない。

ただ『甘露梅』は、暗いだけの物語ではない。喜蝶と筆吉の恋が、悲劇でありながら同時にハッピーエンドであったように、そしておとせと爪助の巧妙な掛け合いが〝笑い〟を造りだしたように、どこか人間の悪意までも温かく包みこむような懐《ふところ》の深さがある。

現代を見据える鋭い批評精神を通して、限られた人生を真摯に生きる人間を描いているからこそ『甘露梅』は、心を揺さぶる感動を与えてくれるのである。

宇江佐真理姉さんのこと

諸田玲子《もろたれいこ》（作家）

先日、時代小説がお好きだという顔見知りの男性に、どなたのファンかうかがったところ、間髪容れず「宇江佐真理」と答えが返ってきた。「大好きで全部読みました」……と。宇江佐さんが亡くなられて早8年になるのに、宇江佐ファンは絶えることがない。それが何より嬉しくて——。

「宇江佐さ〜ん。また貴女のファンを見つけましたよ〜」

思わず大声で語りかけたくなった。声を張り上げるかわりにメールをしておこう。私はいまだに宇江佐さんのメールアドレスを削除できずにいる。

最初にお会いしたのは、某賞の授賞式だった。私は落選して、宇江佐さんが受賞された。ところが、初めて賞の最終候補にしていただいた私は、小説誌のグラビアを飾っていた憧れの先輩と一緒だったのがただもう嬉しくて、こんな機会はまたとないだろうと思い、今は亡き火坂雅志さんを誘ってお祝いに駆けつけた。

落選者が嬉しそうに出席しているのを見て選考委員の皆さんは困惑顔をされていたけれど、宇江佐さんはことのほか喜んでくださった。

それがきっかけで親しくなり、小説のことだけでなく私的なこともよく語り合った。宇江佐さんは函館在住でいらしたので大半はメールや電話だったけれど、東京へいらしたときは宿泊先のホテルへ訪ねて行ったり、毎年ご一緒に忘年会をしたり、のちに同賞を私が受賞したときも、今度は宇江佐さんがわざわざ函館から駆けつけてくださった。世話好きで姉御肌の宇江佐さんは、ご飯を炊きなさい、栄養のあるものを食べなさいとあれこれ送ってくださって、私には憧れの先輩である以上に、頼りになるお姉さんだった。

そう。宇江佐姉さんは気風がよい。媚びもしないし威張りもしない。ご自分では、江戸っ子でもないのに江戸の市井《しせい》物を書くのは後ろめたいと仰っていたけれど、とんでもない、宇江佐さんこそ江戸っ子の中の江戸っ子だった。ひとつにはもちろん、東京人でない負い目があったから、かえって人一倍、勉強をされたのだろう。それは本書を読んでもわかる。本書の舞台は吉原だが、四季折々のたたずまいから風俗しきたり、郭《くるわ》言葉、そこに生きる人々のきめ細かな描写まで、ただの上っ面な知識を超えて吉原に精通し、自家薬籠中《じかやくろうちゅう》の物にしていなければ、とてもこれだけの小説を書くことはできない。

けれど、もっと大事なことがある。宇江佐さんご自身が江戸から抜け出したようなお人だったということだ。つまり、江戸庶民の生き方や考え方に心底、共鳴していればこそ、読者諸氏を江戸へ導く水先案内人の役を見事に果たせたのだと思う。

サインに好きな言葉を添えるよう求められると、宇江佐さんは〈平常心〉と書いた。宇江佐さんにとってなにより大切だったのは、ご家族と過ごすありきたりの日常で、それは作家である以前に、母であり妻であり女であり、独りの人としてどうあるべきかを常に考えていらした、ということだ。

「貴女は有名作家でいいわね」

幼馴染の学友に言われたときも、腹を立てていた。作家になれたのは、たまたま幸運に恵まれたからでも、ほんの少しだけ他の人より文才があったからでもない。それだけの努力をしたからだ……宇江佐さんはそう言い返したかったのではないか。他人を羨む暇があったら、貴女も努力してごらんなさい……と。

実際、宇江佐さんの家へ行き、仕事場を見せてもらった編集者は、だれもが一様に驚いていた。立派な書斎などない。宇江佐さんは台所の片隅の小さなテーブルで執筆していらした。火加減を見たり味見をしたりするたびに執筆を中断されながら。「佳境になると決まってお鍋が噴きこぼれそうになるんだから、家事を忘れて、思いっきり書きたいものだわ」と、私にもよく話していた。

でもそれは、決して愚痴ではない。作家と家庭人と……宇江佐さんはどちらも同じくらい愉しんでいらしたように見えた。「私の小説なんか読みゃしないのよ」と不服そうに言いながらも、ご主人の写真を後生大事に待ち歩いていた。「ほら、いい男でしょ」と、私も見せていただいた。「まったくね、ろくなものを食べてないのよ」と東京在住の息子さんの食生活を案じて、東京へ来れば必ずホテルへ朝食に招いていた。打ち合わせや会食でびっしりの予定でも、朝食時だけは母の顔にもどって。

時代小説の醍醐味は、いかに人情の機微を描くかだ。宇江佐さんが市井物の名手であるのは、日々の暮らしを大切にされていたからだろう。

本書『甘露梅』は、そんな宇江佐さんの心意気をたっぷりと味わえる一作である。今回、このエッセイを書くために読み直してみたけれど、これぞ宇江佐さんだと改めて喝采を送りたくなった。

前にも書いたが、舞台は吉原遊郭、日常とはほど遠い特殊な場所だ。が、お針子として遊女屋へ住み込んでいるおとせは、なんのてらいもなく、真摯な眼と柔軟な心で郭の人々に接している。遊女たちを見つめるまなざしはやさしい。叶うはずもない遊女たちの恋に胸を痛め、自分自身の仄かな恋心には笑って顔を背けようとする。おとせは、苦労知らずの若い娘ではない。岡っ引きの亭主に急死された寡婦であること、息子夫婦に遠慮して吉原へ働きに来たことからも、他人の痛みを我が事として感じられる大人の女だとわかる。おとせはまさに、宇江佐さんの分身でもあるのだろう。

本書には6つの短編が収録されている。哀愁の中にユーモアがあり、悲惨な状況にもかかわらず温かな読後感を与えてくれる4編に続き、「くくり猿」で一気に大きな悲劇が襲いかかる。火事で吉原遊郭が焼失してしまうのだ。親しい者たちの死に遭い、おとせの号泣で幕が下りるこの短編は、救いのない悲しみに包まれている。

けれど宇江佐さんは、最後の一編「仮宅《かりたく》・雪景色《ゆきげしき》」で、再び読者にかすかな希望を与えてくださる。それは、華やいだ吉原とは違い、〈身の丈に合った地道でささやかな幸せ〉である。おとせが苦難の果てに手に入れたもの、それこそが——宇江佐さんがなによりも大切にしていた——心かよわせる人と紡ぐ平穏な日常だった。

宇江佐さんは平成27年に永眠された。

その夏、発病後の小康状態の際に上京されたとき、滞在中のホテルから電話をかけてくださった。あわてて飛んで行き、2人で食事をした。宇江佐さんは、小さなグラスに入ったビールをひと口だけ、実に嬉しそうに飲んで、にっこり微笑《ほほえ》まれた。

「ビールがねえ、こんなに美味しいなんて思わなかった……」

それがお別れになってしまった。

宇江佐さんはもうこの世にいないけれど、宇江佐さんのファンはこれからも増え続けるだろう。人気シリーズ『髪結い伊三次捕物余話』の伊三次同様、本書のおとせも忘れないで、宇江佐さんを偲ぶよすがとしていただければと願っている。

二〇〇一年十一月　光文社刊

《参考文献》
『吉原——江戸の遊廓の実態』石井良助著　中央公論社
『江戸吉原図聚』　三谷一馬著　中央公論新社
『幇間の遺言』　悠玄亭玉介著　小田豊二聞き書き　集英社

光文社文庫

甘《かん》露《ろ》梅《ばい》　お針《はり》子《こ》おとせ吉《よし》原《わら》春《しゅん》秋《じゅう》　新装版

著　者　宇《う》江《え》佐《ざ》真《ま》理《り》

2023年11月20日　初版1刷発行

発行者　三宅貴久
印　刷　新藤慶昌堂
製　本　ナショナル製本

発行所　株式会社　光文社
〒112-8011　東京都文京区音羽1-16-6
電話（03）5395-8147　編集部
8116　書籍販売部
8125　業務部

落丁本・乱丁本は業務部にご連絡くだされば、お取替えいたします。
ISBN978-4-334-10125-1　Printed in Japan

組版　萩原印刷

光文社文庫最新刊

ブラック・ショーマンと名もなき町の殺人	東野圭吾
ミステリー・オーバードーズ	白井智之
小布施《おぶせ》・地獄谷殺人事件	梓林太郎
乗物綺談　異形コレクションLVI	井上雅彦・監修
にぎやかな落日	朝倉かすみ

光文社文庫最新刊

クライン氏の肖像 鮎川哲也「三番館」全集 第4巻	鮎川哲也
紅刷り江戸噂 松本清張プレミアム・ミステリー	松本清張
幕末紀 宇和島銃士伝	柴田哲孝
甘露梅 お針子おとせ吉原春秋 新装版	宇江佐真理
銀の夜	角田光代